侯爵令嬢アグリ・カルティアは
授かったチートスキルで
こっそり農業を謳歌する
（バレバレ）
1
ふぁち
illustration
兎塚エイジ
GC NOVELS

アグリ・カルティア
セヴァス

ヤン
マー
ヴァン
グレイン・ベジティア

「ヒャッハー！
汚物は堆肥にするぞー!!」

侯爵令嬢アグリ・カルティアは授かったチートスキルでこっそり農業を謳歌する（バレバレ）

1

ふぁち
illustration
兎塚 エイジ

GC NOVELS

Contents

Marchioness Agri Cartier secretly enjoys agriculture with the cheat skills she was given (revealed).

第一章

『農業』スキル

秋の訪れ——未だに五月蝿《うるさ》い蝉の声がそれは遠いと告げている。

その騒音は、そこに居並ぶ人々の神経を逆なでしていた。

なかなか進まない列の中央で、侯爵令嬢アグリ・カルティアはやり場の無い不満を吐き出した。

「まったく、何時までこの暑さは続くのかしら」

侯爵令嬢としての権力を振りかざせば容易く列の前に並べる筈《はず》の彼女は、平民に交じってジリジリと世界を焙《あぶ》る天に向かって悪態をつくのだった。

「お嬢様、お暑いのでしたら前へ行かれてはいかがでしょうか?」

執事の言葉にアグリは憤る。

「それは権力の濫用《らんよう》です。貴族としてそのような振る舞いをすべきではありません」

昨今では珍しい矜持《きょうじ》を持ち合わせる貴族だと、周りに並んでいる人々は感心した。

幼いながらも聡明で、それでいて容姿もまるで天使が地上に舞い降りたかのように愛らしい。

男性達は憧憬の籠もった温かい瞳で彼女を見つめた。

程なくして行列も進み、アグリも漸《ようや》く教会内へと足を踏み入れる事が出来た。

今日は、８歳になる子供達が揃って受けに来る『スキル降ろし』と呼ばれる行事がこの王都の教会で行われるのだ。

「神の子達よ。貴方達にはそれぞれ相応《ふさわ》しいギフトが与えられる事でしょう」

清楚な衣に身を包んだ神官が、子供達に語りかける。

いささか仰々しいようにも見えるが、そこに集う子供達はキラキラと瞳を輝かせて聞き入っていた。

ステンドグラスの窓から差し込む光が水晶球に反射して、神からの祝福を感じさせる。

子供達は胸を躍らせ、今か今かと待ちわびた。

女性の神官が水晶球を持って壇上へと登り、台座に置いてから子供達の方へと振り返る。

「では、順番に壇上に上がり、祝福を受けてください」

前列から呼ばれた順に子供達が登壇していく。

身分を考えるのであれば、侯爵令嬢であるアグリ・カルティアが真っ先に祝福を受けるべきなのであろうが、当の本人が全く気にしておらず、また周りも逆に気を遣っては気に触るのではと提言出来なかった。

自分の番が来るのを他の子供達と一緒に待つアグリは特に退屈しているでもなく、じっと水晶球を見つめている。

祝福を授かっても公表されるという事はなく、自ら告白しなければ何のギフトを得られたのか誰にも分からない。

しかし、一喜一憂する子供達の姿から、おおよそ望んだものが得られたかどうかは察せられる。

残念そうにする子、喜びに涙する子、戸惑いで表情が千変万化する子等、様々であった。

自分の番が近づくにつれ、アグリも年相応に緊張して来ていた。

「あと3人ね」

期待と不安に心揺さぶられながら、自分の番を待つ。

「それでは、次の人」

ようやくアグリの番となった。

登壇し、両手を台座の水晶球に向けてかざす。

一瞬目の前が真っ白になり、何かの衝撃が自分を貫いたような感覚を覚えた。

その瞬間、自身が祝福されたのが分かり、同時に現在の自分では無い誰かの記憶が頭に流れ込んで来た。

8歳の自分とは違う成人した誰かの記憶。

それが前世の自分の記憶だと気付くまで数秒を要した。

暫く動かなくなったアグリを心配して神官が話しかける。

「どうかされましたか?」

一応相手が侯爵令嬢という事もあって、神官は丁重な感じで様子を伺う。

一拍置いて、アグリは再起動した。

「ええ、少し驚いただけです」

年相応とは思えない優雅な口調で応える。

もともと淑女としての教育を受けているだけあって、振る舞いは大人びたものだが、それとは別の何かが今のアグリからは感じられた。

そして流れるように踵を返し、アグリは壇を下りる。

周りに残っていた子供たちは、窓からの光を浴びながら下りてくるアグリを、天の使いではないかと錯覚していた。


そして、誰もが思わなかった。

それほどに神々しい姿の少女が授かったギフトが『農業』であるとは。

☆☆☆☆☆☆☆☆

どどどど、どうしようっ!?

表面上は冷静を装いつつも、内心で私はとても動揺していた。

まさかの、侯爵令嬢にとって使いどころの無いスキルを手に入れてしまった。

『農業』って、どこで活躍するのよっ!?

平民なら土をいじるのは日常茶飯事でしょうけど、侯爵令嬢は庭の手入れすらしないのよ?

確かに農業って食べ物を生産する大切な事だって思うわ。

でもそれは戦闘を生業《なりわい》とする貴族ではなく生産者たる平民が得た方が有益になるスキルじゃない？

生まれながらに強い魔力を持つという事で、家族からは強力な魔導師系のスキルを期待されていたのに。

無いとは思うけど、侯爵家に相応しくないからって追放されたりしないわよね？

「お嬢様、どうかなされましたか？　教会を出てからずっと物思いにふけってらっしゃるようですが」

外面を取り繕っていても、思考に意識を全振りしてたせいで、執事のセヴァスが違和感を覚えてしまったみたい。

絶対にスキルの事で悩んでいたと覚《さと》られないようにしないと。

「授かったスキルがどういうものか検証していたのよ。馬車の中で使う訳にはいかないからイメージトレーニングでね」

うん、嘘は言ってない。

どうやってスキルの事を誤魔化そうかイメージトレーニングしてたのは事実なのだから。

「そうでしたか。私も覚えがあります。スキルを手に入れたら試したくてウズウズしたものです」

セヴァスが子供の頃を懐かしんで語ってくれた。

私がスキルを試す時は馬車の中で無かろうと、人に見られないようにひっそりと行わなければならないんだけどね。

でも残念ながら、ひっそりとやる事など不可能だった……。

家の門前、いつもは警備の兵が居るだけだったのに、何故か今日に限ってお父様とお母様もそこに立っていたのだ。

「「おかえり、アグリ」」

何故に2人揃ってお出迎え!?

「た、ただいま戻りました。お父様、お母様、何故門の前にいらっしゃるのですか?」

「アグリの素晴らしいスキルを見るために決まっているじゃないか」

はい、詰んだ。

第一部完。

第二部から追放令嬢物語が始まるのね……。

そして私は、お父様とお母様に屋敷の庭へと連行された。

期待に満ち満ちた目を向けられて、下手な言い訳をする事すらはばかられる。

「さあ、どんなスキルを得たのか見せておくれ」

こうなったら、たまたま手に入れた前世の知識を総動員して、それらしく振る舞うしか無い。

普通なら前世の知識を得た事に思考の大半を持って行かれるだろうに、スキルがスキルだっただけにそっちに気を取られすぎていた。

今は使えるものは何でも使おう。

幸い、前世では農家であるお祖父ちゃんの手伝いとかしてたから、農業に関する知識は豊富だし。


「そ、それではあちらの丘の上で」

さすが侯爵家の庭、丘が普通にあるぐらい広い。

なるべくゆっくり歩きながら作戦を考えるにはうってつけだ。


さて、私のスキルは『農業』だ。

この世界では、このような漠然としたスキルには副次的な効果が備わっている事が多い。

農業って事は土よね？

土魔法っぽい農業関連の技なんてある？

だめだ、耕すって発想しか出てこない……。

じゃあ、水！　水も農業に使うわよね！

雨とか降らせる？

……何かしょぼくない？

いや、雨……天気……そ、そうだ!!

程なくして、私達は丘の手前まで辿り着いてしまった。

もうやるしかない。

「で、ではいきますっ！」

ええいままよ！

魔力だけは桁外れに高いんだから、きっと出来る筈。

「来い、『稲妻』っ!!」

私は叫び、天空に向かってありったけの魔力を放った……放ったよ？

何で何も起きないの？

やっぱ、発想が突飛過ぎた？

稲妻ってのは雷が田んぼに落ちると豊作になるってとこから来てた筈だから、農業と密接な関係がある筈って思ったのに……。

やっぱりハズレスキルだったのかな？

数秒待ったが変化は無し。

しゃーない、全部正直に話して追放を受け入れるしか無いか……。

どこかの農村でスキル使って細々と生きよう。

私は振り返り、お父様とお母様の方を向く。

あれ？　なんか皆、私じゃなくて私の後ろの空を見てない？

そして急に辺りが暗闇に包まれ、次の瞬間閃光が瞬《またた》いた。

「「「ひゃあああああっ!!」」」

轟く爆音にその場に居た全員が悲鳴を上げる。

稲妻が落ちた！　やった！……なんて思ってる間もなく、連続で落ち続ける。

え？　魔力込め過ぎて止まらないの？　やっべ。

そして、粉塵が晴れた後には、丘だったものが巨大なクレーターになってましたとさ。

てへっ。


「なっ!?　なんじゃこりゃあああああっ!!」

お父様が某刑事のように叫んでる。

私、何かやっちゃいました？

はい、やらかしました。

もうどうにでもなーれ。

「て、天才だっ！　うちのアグリちゃんはマジ天才だあああっ！」

そっち!?

……ま、まぁ追放されるよりいいか。

実際は『農業』用スキルだから、あんまり戦闘向きじゃないのよね。

火力はあるけど速射出来るわけじゃないし、加減出来ないから周囲への被害が甚大だし。

「これは将来、魔導師団長にだってなれるかも知れん！」

いやいや、期待しすぎも困るんですが。

だって私のスキル『農業』よ？

魔導師団ってめちゃくちゃ攻撃系の魔法使いばかりなのに、生産系の私には荷が重すぎるでしょ。

お父様の期待には応えたいけど、きっと入団テストであっさり落ちると思う。

落胆されるぐらいならまだいいわ。

やっぱり侯爵家に相応しくないなんて事になったら大変だ。

「お父様、見ての通り私のスキルは制御が難しいのです。連携には向かないスキルなので、師団に所属するのは難しいと思いますわ」

いざとなれば魔力量に任せて色々ぶっ放せると思うけど、如何せん大元は農業なのだ。

あまり前線に出るような事は避けたい。

「大丈夫だ。アグリちゃんはまだ若いから、制御なんざ成長するにつれて出来るようになる。魔法の威力を上げようとする方が余程困難だしのぅ」

あの『稲妻』を制御出来るようになる気がしないんですけど？

でも今後の事も考えると、もっとスキルを制御出来るようになっておいた方がいいのかも知れない。

その為にも色々検証をしておきたいわね。

「お父様、お母様、私もう少しスキルを使う練習をしたいのですが、お2人を巻き込んでしまうと危険ですし、離れた場所で1人でやりたいと思います」

「おおそうか。でも敷地内とはいえ、アグリちゃん1人では何かあるといかん。セヴァス、暫しついてやってくれ」

「かしこまりました」

うっ、執事のセヴァスが一緒だと、あまり露骨に農業っぽい事は出来ないじゃないの。

しょうがない、誤魔化しながらやるしかないか。

「それにしてもこれだけ強力なスキルを得たという事は、あの話も進めていいだろうな。ではアグリちゃん、ほどほどに頑張るんだぞ」

え、お父様？

あの話って何よ？

何か意味深な事を去り際に言わないで欲しいんですけど。

凄く気になる……っていうか、なんか嫌な予感がするんですけどぉ。

しかし、お父様とお母様は早々に屋敷に戻られてしまった。

後で聞くしかないか。

でも私って何かに夢中になっちゃうと、結局忘れて聞き逃したままになっちゃうのよね。

まぁ忘れるような事なんて大した事じゃないから、いっか。

「お嬢様、スキルの練習をするのに場所を移されますか？　あそこはクレーターになってしまってますが」

確かにセヴァスの言う通り、稲妻が凄すぎて丘があった場所は地面が陥没しちゃってるわね。

この規模の稲妻が田んぼに落ちたら米が豊作になるどころか塵になっちゃうんじゃない？

これは普通に農業するにしても、制御出来るように練習しておかないとダメっぽいかも。

まぁ、このクレーターに関しては何とか出来ると思うけど。

「問題無いわ。私のスキルは土系の方が相性が良さそうだから」

地盤を整備するのは農業の基本中の基本よ。

農は地よりってね。

私は畑にいい土でクレーターを埋めるイメージをして、右手に魔力を込める。

すると周囲に飛び散っていた土が、程良く耕されたような粘度の土になってクレーターに注がれていった。

何故畑にいい土をイメージしたかと言えば、私のスキルが『農業』なので農に関するイメージの方がいいと思ったからだ。

炎系のスキルを持つものは燃え上がるイメージ、水系のスキルを持つものは流体をイメージした方が魔力効率がいいと家庭教師から教わった。

つまり私のスキルは『農』をイメージする程に魔力効率が良くなるという事だ。

お陰で、先程『稲妻』にかなりの魔力を注ぎ込んだにも拘《かか》わらず、クレーターを完全に埋めてもまだ魔力に余裕がある。

私がクレーターを埋めると、セヴァスが驚いたような声を上げた。

「さすがです、お嬢様……」

そんなに驚く程の事だろうか？

さっきの稲妻に比べたら随分地味だったと思うけど……。

「また無詠唱とは」

そっちか！

戦闘系の魔法スキルは、頭に詠唱が浮かんできて、それを詠唱する事で強力な魔法を発動出来るようになるらしい。

でも生産系のスキルには、基本的に詠唱は無い。

一説では、神が与える祝福は公平を期す為にそのような仕組みになっているとも言われている。

それでも上位のスキルを得た者の中には無詠唱で魔法を使える人も居る。

お父様だって魔法は無詠唱で使ってるし、バレないわよね……？

私が密かに冷や汗をかいていると、当の執事セヴァスは私が埋めたクレーターに近づき、土の様子を覗《うかが》っていた。

「お嬢様、埋めたのはいいですが土が少々軟らかいので歩きづらいですな」

そりゃそうよね。

畑にいい土で埋めたから、歩くには少々不向きな筈よ。

田んぼの水を抜く『落水』の効果をイメージして土中の水分を抜けば固くなるかな？

私も近づき、土の具合を観るために少し触ってみた。

「っ……!?」

な、何今の衝撃はっ!?

なんか土から波動のようなものを感じたんだけど！

それに私の体の内側から、何か農業に対する意欲みたいなものが湧き上がってきた。

た……耕したいっ！

「どうかされましたかお嬢様？」

「な、何でもないわっ！　確かに土の具合がいまいちだし、もうちょっとスキルの操作に慣れないとダメねっ！」


この農業意欲はスキルの影響なのかしら？

うずうずしているのをセヴァスに悟られないようにしないと。

というか、この耕したい衝動をまずは何とかしたい。

でも耕す道具がここには無いのよね……あれ？

何かヤバい事が出来そうな気がする……。


スキルの使い方は、誰かに教わらなくても自然と理解出来ると言われている。

必要に応じてスキルの方が語りかけてくるような感覚らしい。

それが今、私のスキルにも起こっているんですけど……。

でも、本当にこれやっちゃっていいのかな？

嫌な予感しかしないのに、スキルの衝動を抑えきれない。

「くっ、やるしかないのね。『召喚』っ!!」

『農業』スキルが私に呼びかけたのは、召喚しろという無茶ぶり。

一部の生産系スキルには、その生産に必要な道具を召喚出来る能力もあるという。

それを私のスキルである『農業』でも出来るっていうの？

私の『召喚』の呼びかけに応えるように、空中に魔力が集まりだして形を成していく。

程なくして光の粒子が固まり、それは召喚されてしまった。

明らかに農業に必要な道具『鍬《くわ》』が……。

やっべ、これどう言い訳すんの？

「お、お嬢様、それはいったい……？」

当然セヴァスから疑いの目を向けられるわよね。

考えろ私！

振り絞れ前世の記憶！

前世関係ねぇから、全く思い浮かばないわっ!!

どど、どうすんのよおおおおっ！

「こ、これは……そ、そう！　武器を召喚したのよっ!!」

「武器——でございますか？　でもそれ、どう見ても鍬ですよね？」

「え、えっと……あ、ああ、あれよ！　今日スキルを得たばかりだから操作が安定してないのね、きっと！」

「確かにお嬢様のおっしゃる通り、今日得たばかりのスキルでは上手く扱えないのも仕方無い事かも知れません」

「でしょでしょっ！」

よっし、誤魔化せたっ！

「それにしても召喚魔法は、通常の魔導師系スキルでは得られない筈ですのに。無詠唱といい、お嬢様のスキルは何とも規格外ですな」

誤魔化せてないっ！

『無詠唱』だけでなく『召喚』も生産系スキルの方が使える可能性が高いんだった。

また不信感を抱かせる使い方しちゃったじゃないのよ。

どうすんべぇ～、どうすんべぇ～。

「わ、私はまだスキルを上手く使えるだけの体が出来てないようだし、ちょっとこの武器で素振りして体を鍛える事にするわ！」

話を逸らすつもりが、農業衝動が抑えきれなくて鍬を振ろうと適当な事を言ってしまった。

でもそこに土があったなら、それはもう耕すしか無いでしょ！

私は思いきり鍬を振り下ろした。

ザクッと心地よい音が耳に届き、その振動は両手に快楽をもたらす。

何これやっべぇ！

楽しすぎるんですけどぉ!!

これは永遠に耕してられるわっ!!

ザクッ、ザクッ、ザクッ、ザクッ、ザクッ……。

少しずつ後退しながら耕していく。

私のスキルで作った土はことのほか耕しやすく、夢中で掘り返し続けてしまった。

存分に耕し続けて、さて次は畝《うね》でも作ろうかと思ったところで、既に日が傾いている事に気が付いた。

どうやら私のスキルによる農業衝動は、日が落ちると共に薄れていくようだ。

農家は日の入りと共に仕事上がるもんね。

しかしそれは同時に、日の出と共にまた農業衝動が始まってしまう事を意味する。

ちょっと怖いわ、私のスキル……。

「お嬢様、そろそろ日没の時間が迫って参りましたが、まだ続けられますか？」

「そ、そうねっ！　今日はこのぐらいにしておいてあげるわっ！」

どこぞの三下のような台詞を吐いて、私はその日のスキル検証を終えた。

私、また何かやらかしちゃってないわよね……？

☆☆☆☆☆☆☆☆

夕刻、セヴァスは侯爵邸の執務室へ報告するために入室したのだが、そこに普段は居ない筈の人物が居て困惑する。

「奥様、執務室へいらっしゃるとは珍しいですね」

「ごめんなさい。仕事の邪魔をするつもりは無いのだけど、アグリの事の報告だろうから無理を言って私も部屋に入れてもらったの」

侯爵夫人であるファム・カルティアは申し訳なさそうにしながらも、絶対に退出する気は無いという意思を目で示していた。

ちらりと主《あるじ》であるハーベスト・カルティア侯爵の方へ確認の視線を送れば、首肯を返された為、セヴァスは承諾するしか無かった。

確かに娘の事であるのだから気になるのも仕方がないだろう。

スキルに関する情報は本来外部への流出を防ぐ為にも、家族内であろうと秘匿するのが普通である。

夫人もそれは重々承知した上で、話を聞きたいと無理を押し通したのだ。

セヴァスは一応事情を知っており、これから報告する事は正に夫人が憂えているであろう事の為、少々気が重くなった。

「では私の視点からのご報告を致します。先程お二方もご覧になった通り、丘を跡形も無く消し飛ばす程の威力がお嬢様のスキルにはあるようです。しかしあの雷鳴を呼ぶ魔法には少しだけ違和感がありました」

「うむ……。無詠唱だな」

「やはりお気付きになられていましたか」

セヴァスが夫人の様子を覗うと、夫人も気付いていたかのような表情を見せた。

そして侯爵がセヴァスの先手を取って話す。

「つまり、娘のスキルは『生産系』である可能性が高いという事か……」

「私もそう思いましたが、まだ可能性の段階です。お嬢様は王族に並ぶ程の魔力の持ち主であり、幼少期よりその扱いも類い稀なる才能を見せて参りました。故に、いきなり無詠唱でスキルを使えただけかも知れません」

セヴァスの評価は決して過大では無い。

アグリが貴族の間でも噂になる程の天才である事は間違い無かった。

「それにあの威力を生産系スキルで出すというのは無理があります」

「確かにそこが不思議だ。『生産系』スキルは使い方次第で高威力を出せる事もあるとはいえ、あれ程の魔法はやはり『戦闘系』でしかありえんからな」

「同感です。そして、ここからがお2人が屋敷に戻られてからの報告となります。お嬢様は魔法についてある言及をされました」

一拍置いてセヴァスは続ける。

「『私のスキルは土系の方が相性が良さそう』と……」

「な、なんだとっ!?」

「セヴァス、それは本当なのですか!?」

侯爵だけでなく、それまで黙って話を聞いていた夫人も思わず声を上げた。

それ程この世界の常識からかけ離れている事が起こっている。

「はい、間違い無くおっしゃいました。俄《にわか》には信じ難いのですが、あれだけの威力を放った雷系魔法より親和性の高いもう1つの系統の魔法も使えると」

「二系統の魔法を使える者は珍しくは無いが、一系統を極めたスキルに比べると威力が落ちてしまうものだ。それがあの威力で二系統、しかもあの雷系以上に親和性が高い系統を持つとは。まさか『勇者』スキルなのでは……？」

「あなた、いくら何でも飛躍しすぎですわ。しかしそれ程魔法適性が高いという事は『生産系』ではなくやはり『戦闘系』スキルだったのではないですか？」

驚きの声を上げる侯爵と、少し安堵した表情の夫人が対照的だ。

しかし続くセヴァスの報告に、2人は更なる衝撃を受ける事になる。

「それだけではありません。なんとお嬢様は『召喚』まで行ったのです」

「なっ……!?」

「嘘でしょう……!?」

あまりの驚きに声を失ってしまう侯爵夫妻。

暫しの静寂が執務室内に訪れる。

そしてその静寂を侯爵の安堵の溜息が破った。

「正に規格外のスキルだな。二系統だけでも埒外《らちがい》であろうに、ある種別枠とも言える『召喚』の系統まで使えるとは。明らかに『戦闘系』の中でも他と一線を画すだろう。一安心と思いたいが、これは逆に少々手を回す必要があるかも知れん程だな」

肩の荷が下りたと言わんばかりの侯爵。

しかし侯爵とは違い、何故か夫人の顔色は優れない。

それに気付いた侯爵は夫人を気遣うように話しかけた。

「どうしたファム？　何か気に掛かる事でもあったか？」

「『召喚』というのがちょっと引っ掛かって……。セヴァス、アグリが召喚したものは何ですか？」

先程まで嬉々として報告していたセヴァスから表情が抜け落ちる。

報告しない訳にはいかないセヴァスは、重くなってしまう口を無理矢理開いた。

「『鍬』です……」

その言葉に、氷系の魔法でも使われたのかと思う様に、侯爵夫妻は動きを止めた。

☆☆☆☆☆☆☆☆☆

昨日は何故かお父様もお母様も夕食をとらなかった。

何かショックな出来事でもあったのだろうか？

そういえばお父様が言ってた『あの話』というのも聞きそびれてしまったわ。

いったい何の事だったのかな？

まぁ、そのうち分かるかも知れないし気にしない事にしよう。

それよりも、今私は体が痛くて起き上がれないのよね。

土を耕すのが楽しすぎて、朝起きたらうっかり全身筋肉痛よ。

どうしよう……もうすぐメイドのミーネが私を起こしに来ちゃうわ。

いつも通りにミーネが来る前に起きてないと、不審な行動としてスキルの事まで怪しまれるかも知れない。

しかし、まるで金縛りにあったかのように体が動かない。

そういえば前世のお祖父ちゃんも、畑仕事をした後はあちこち痛いって言ってたっけ。

でも、翌日には元気にまた畑に出掛けて行ってた気がする。

どうやったらあんなにすぐに回復出来たんだろう？

あ、そういえば毎晩お祖母ちゃんに頼んで、腰や背中に湿布《しっぷ》を貼ってもらってた気がする。

つまりあれは農業に必要な物――農業に必要な物であれば、私のスキルで再現出来る筈!!

「い、出《い》でよ『湿布』!!」

両手を宙にかざして唱えれば、魔力が凝縮されて2枚の白い布状のものが現れた。

「出来たっ！」

私は動かない体をなんとか捻り、ベッドの上でうつ伏せになる。

そして寝間着を腰付近まで手繰って肌を露出する。

お母様に見られたら「淑女にあるまじき！」ってめっちゃ怒られるだろう姿だ。

だからこそメイドのミーネが起こしに来る前に急いで貼ってしまわないと。

「カモン、湿布ぅ!!」

宙を漂っていた湿布は私目がけて急降下する。

そして、ビタンと音が鳴る程の勢いで私の腰に装着された。

粘着感は無いがピッタリと張り付き、ひんやりとしてて気持ちいい。

しかも無香料！

前世のお祖父ちゃんがしてたのは効能に比例して、もの凄い臭いを発していた。

あれは乙女が出していい臭いじゃないから無香料はとても助かるわね。

程なくして薬効が腰部から浸透し始め、私の体が軽くなっていく。

「ふへぇ～、これがあれば毎日でも耕せるわ～」

などと時間が無いのに湿布の気持ちよさに浸っていると、

「お嬢様、起きてますか……って、何てはしたない格好してるんですかっ!?」

メイドのミーネに見つかってお小言を貰ってしまった。

ミーネ、ノックぐらいしなさいよ……。


ミーネにブツブツ言われながらも支度をし、朝食をとる為にダイニングへ向かう。

テーブルには昨日の夕食には居なかったお父様とお母様も居た。

どうやら復活したようで、私も安堵した。

「おはようございます、お父様、お母様」

「おはよう」

「おはよう」

2人に挨拶をして私も席につく。

私には兄が居るのだが、兄は今侯爵領で跡を継ぐための勉強をしているので、この王都の屋敷には居ない。

なのでこの3人が揃った時点で食事が始まる。

「アグリ、今日は何をする予定ですか?」

お母様が食事をしながら尋ねてきた。

私としてはまだスキルに未知の部分が多いから、追放されないように今のうちに検証しておきたいと思ってるのよね。

「昨日得たスキルがまだまだ使いこなせてないので、色々試してみようと思ってます」

私がそう言うと、少し考えるそぶりを見せたお母様は、

「では私もそれを見学する事にしましょう」

絶対にやめていただきたいっ!!

でもそんな事言ったら怪しまれちゃう……。

「わ、わぁ……お母様に見ていただけるなんて、嬉しいなぁ……」

くっ、何とかバレないように立ち回らなければ。

幸い朝日が昇ると共に農業したい衝動が襲ってくるという事は無かった。

でもいい土を触ったらまた耕したくなってしまう気がするのよね。

衝動を抑えきれる自信が無いから、土に触れないように注意しないと……。

と内心冷や汗をかいている私を、お母様はジッと観察するように見つめていた。

ば、バレてないよね……？


僅かな沈黙の間を置いて、お父様が話に割り込んで来た。

「アグリちゃん、例の話だが……」

私は渡りに船とばかりにこのウェーブに乗る事にした。

「お父様、私はもうスキルを得たいっぱしのレディですわ。ちゃん付けはおやめください」

私をとても可愛がってくれているのは分かるけど、いつまでもちゃん付けで子供扱いしないで欲しい。


というか、前世の記憶が蘇ってから、少し意識を大人側に引っ張られてる気がする。

急に大人びた事言うと怪しまれそうだけど、逆に今のような大人に見られたい言動は子供っぽいから大丈夫よね？

「おや、ごめんよ。では、いっぱしのレディであるアグリ、例の話を進めてもいいかな？」

例の話？　あの話って言ってたやつかな？

何の事やらさっぱり分からないわね。

大層な口を利いた手前、何の事か分からないって言いづらいわ……。

まぁ適当に話を合わせておけばいいでしょ。

「お父様にお任せしますわ」

「おおそうか。殿下もお喜びになるだろう」

は？　殿下？

「よし、そういう事なら早速連絡してくるとしよう」

そう言ってお父様はダイニングから出て行ってしまった。

ちょっとお父様、また意味深な言葉を残して行かないでよ……。


殿下とは、王位についていない王族を呼ぶ時に使う言葉だ。

私と関わりがあるのは、たまにパーティで顔を合わせる第一王子のグレイン殿下ぐらいだ。

他の王子様、王女様はまだ幼いので会った事すら無いし、それ以外となると王弟殿下だけど、私とは全く接点なんて無いから私に確認を取るのも不自然だ。

とするとやっぱりグレイン殿下の事なんだろうけど、いったい何だろう？

グレイン殿下とはちょっと世間話をする程度の関係でしかないのに、何があるって言うの？


私が悶々としていると、お母様も席を立つ。

「ではアグリ、スキルの練習に向かいましょう？」

ああ、お父様の言う事も気になるけど、お母様にバレないようにする事も考えないといけない。

朝から頭を悩ませる事が続いて、早くも疲れて来ちゃったよ……。

湿布の数増やそうかな？

☆☆☆☆☆☆☆☆☆

私とお母様は、昨日落雷で抉《えぐ》った丘へと来ていた。

案の定、セヴァスも付いて来ている。

2人に見られながらスキルを誤魔化すのって、大変すぎる気がするんですが？

でもバレたら追放だ。

慎重に行かないと……。

なんて思惑を潰すかのように、お母様が提案してきた。

「アグリ、貴方のスキルは土系の方が相性がいいそうですね。土系魔法の定番と言えば『ゴーレム生成』。私にゴーレムを生成して見せてくれないかしら？」

はい無理。

農業とゴーレムがどう関係あるって言うのよ？

どこの世界に農業するゴーレムが……農業するゴーレムなら作れるのか？

どうなのMyスキル？

え？　無茶言うな？

「お母様、私まだスキルに不慣れですので制御出来るかどうか分からないのですが……」

「問題ありません。暴走した場合は私のスキルで破壊しますから」

おおぅ……。

お母様のスキルってどんなものかよく分からないけど、威力は絶大で、その昔お父様をボコボコにしたとかメイドのミーネから聞いた覚えがある。

王国の魔導師団長と互角と言われているお父様をボコボコにって、お母様が王国最強なんじゃない？

つまり今の私には拒否権など無いという事。


やるしかないっ！

「で、ではゴーレムを生成します……」

暴走させたりしたら、お母様のスキルでボコボコにされる。

なるべく私に制御出来て、且つお母様を納得させせられるゴーレムを生成！

無茶なのは分かってるけど、がんばってスキルちゃんっ!!

私が魔力を注ぐと、昨日耕した土が蠢《うごめ》き出した。

あ、ゴーレム作るのが無理だからって、土中で召喚してそれらしく地上にせり出すつもりだな？

まぁそれでもいいや。

土から生成したように見えてればおｋよ。

「出でよゴーレムっ!!」

それらしく叫べば、土が盛り上がり、抉られる前の丘ぐらいに膨らんだ。

そしてその土が崩れると、中から現れたのは……

「……アグリ、これはゴーレムですか？」

いいえ、これは耕運機《こううんき》です。

お母様が疑問に思うのも無理は無い。

だってこれどう見てもゴーレムには見えないもの……。

しかも荷台付き。

荷台の前部には座席があって、搭乗して運転出来る仕様だ。

前世のお祖父ちゃんがこれで農道を滑走してたっけ。

「馬車のような荷台もあるわね……でも前部にも車輪が付いている。車輪で移動するタイプのゴーレムとは斬新ね」

「奥様、あまり近づき過ぎると危険です！　お嬢様はまだ制御が上手く出来ないそうですので！」

お母様がマジマジと耕運機を観察している。

それをセヴァスが近づき過ぎないように注意する。

混沌《カオス》っ！

私はどうすればいい？

運転すればいいのかしら？

でもあれを運転したらまた農業衝動が襲ってくる気がするのよね……。

やっぱり私も遠巻きに見てる事にしよう。

「アグリ、このゴーレム全く動かないのだけれど？」

「暴走しないようにイメージしたので、たぶん私が魔力を供給しないと動きません」

「そう、じゃあちょっと動かしてみて」

遠巻きに見てるなんて許されなかったようだ……。

私は渋々耕運機の荷台前部の座席に座る。

「あら、形的にそうかと思ってたけど、やはり搭乗型のゴーレムなのね。魔導師団の副団長と同じ事をするなんて、アグリは発想力が優れているわね」

お母様の賛辞は既に耳に入って来なかった。

耕運機のグリップを握った瞬間、私の中を衝動が駆け巡り、既に正気を保つ事は出来なくなっていたからだ。

それは若者がバイクで夜に走り出してしまう衝動に似ていた。

エンジンはガソリンではなく魔力供給によって点火《イグニッション》される。

刻むわ４ストロークエンジンのビート！

私はハイテンションになって耕運機を発進させた。

「ヒャッハー！　汚物は堆肥にするぞー‼」

低速走行で何故こんなにもテンションが上がったのか自分でも理解出来なかった。

後でお母様に「淑女にあるまじき！」って、めっちゃ怒られた。

☆☆☆☆☆☆☆☆☆☆

その日、第一王子グレインは歓喜に満ちていた。


今年8歳となった彼には既に複数の婚約者候補が居る。

公爵家令嬢が2人、侯爵家令嬢が3人、伯爵家令嬢が6人。

いずれもまだ候補でしかないが、辞退さえしなければこの中から数人が正式な婚約者に選抜される。

その選抜された中でも更に優劣があり、当然の如く第一夫人となれた者が最高位となる。

候補者の誰もがその座を掴もうと日々精進していた——1人を除いては。

それを彼が知らなかったのが不幸の始まりだったのかも知れない。


「じい！　それは本当かっ!?」

「はい、カルティア侯爵からの手紙に間違い無く記されております。娘が強力なスキルを得たと」

自室で直属の執事である老人から、王子は報告を受けていた。

「これで正式に婚約を申し込みに行けるな！」

「左様でございますね」

貴族のパーティに顔を出すようになった頃、出会った令嬢アグリ・カルティア。

美しく聡明で、その姿が視界に飛び込んだ瞬間、天使が降臨したのかと錯覚した。

その日から一途に想い、早々に婚約したいと申し出たが、この国の——いやこの世界の仕組みがそれを許さなかった。

爵位については問題無いのであるが、この世界にはスキルという別の判断基準がある。

王家はより強い血筋を残す事を義務付けられており、その為に王位につく者には伴侶の強さも求められる。

故に、強力なスキルの取得が重要視されるのだ。

王族が最前線へ赴く事など稀だが、他国への抑止にも繋がるので、生産系の戦闘向きでないスキルでは重鎮達も納得しない。

そこへ朗報となる、意中の相手の強力なスキル取得。

もはや2人の間に障壁は無くなった……と王子は思った。


直接想いを伝えたい王子は、早速先触れを出す事に。

貴族の先触れとしてはいささか性急すぎる翌日の訪問として出したが、それすらも王子には千秋《せんしゅう》の思いであった。

その夜も興奮してよく眠れず、しかし寝不足のせいで妙にテンションが上がってしまっていた。

今日は人生の岐路である。

わずか8歳でそれほど人生に影響がある場へ赴く事になるのも、全てはこの世界にスキルがある故だろう。だが、そこに躊躇《ためら》う心は生まれなかった。

これからの明るい人生を夢見て、王子は侯爵家へ向かう馬車に乗り込んだ。

第二章

脱出

お母様からの説教の翌日。

正座で４時間は私の幼い体には無理があり過ぎた。

今日の湿布は足に装着。

起きてすぐに足がつったからである。

「今日も湿布がしみるわ〜」

「お嬢様、起きてますか……って、またそんな格好でっ!!」

だからミーネ、部屋入る時はノックぐらいしなさいよ。

湿布貼る為に寝間着を捲って足を露出させてたので、メイドのミーネに朝からブチブチ言われてしまった。

「お嬢様、今日はそんなにのんびりしてられませんよ」

「え？　どうして？」

「殿下がお見えになるからですよ」

聞いてませんが？

報・連・相は大事なんだからちゃんとしてくれないと困るわね。

あ、ほうれん草植えたくなってきた。

この辺でも育つかな？

じゃなくて……、

「グレイン殿下がいらっしゃるの？」

「はい。ですから早く着替えて朝食をとってください」

いったい何の用があるというのだろう？

昨日お父様が『殿下』という言葉を口にしたのは聞いてたけど、それにしても昨日の今日とは早すぎる。

普通貴族が訪問する場合は急であっても2～3日前には先触れを出すものだ。

明らかに何かがおかしい……。

ひょっとして私のスキルに関係する事では？

第一王子グレイン殿下は好奇心旺盛であり、洞察力も高い。

お父様が何をおっしゃったのか分からないけど、殿下が私のスキル隠蔽《いんぺい》に関する何かに気付いたのかも知れない。

王族としても弱いスキルを持つ者を上位貴族に置いておけないだろうし、まさかとは思うけど直々に引導を渡しに来るのかしら？

ぞくりと背筋を冷たいものが走った。

そして足下は湿布でひんやりしていた。

「ようこそおいでくださいました殿下！」

侯爵邸の門前にて、家族と執事やメイド達総出で第一王子グレイン殿下を迎える。

お父様が挨拶する後ろで、私はにこやかに微笑み佇《たたず》んでいた。

少しでも印象を良くしておかないとね。

ふと馬車から降り立った殿下と目が合うと、ふいっと逸らされてしまった。

こ、これは……かなり拙《まず》い状況なのでは？

目も合わせないとは、かなり私に嫌悪しているって事よね……。

「きょ、今日も可愛い……」

殿下が何かをボソリと呟いた。

よく聞こえなかったけど、まさか直接見る事で何かを看破したの!?

殿下のスキルについては当然の如く伏せられているが、もしも『魔眼』系のスキル持ちであれば私のスキルの概要を捉えていても不思議ではない。

私が表情に出さないように冷や汗をかいていると、殿下はお父様に向かって挨拶する。

「申し訳無い、侯爵。どうにも気が急《せ》いてしまって。早急な訪問に対応していただき感謝する」

「勿体ないお言葉です。私としても早い方がいいと思ってますので」

お父様は殿下の来訪理由を承知しているようだ。

しかも早い方がいいとは……？

もはや私の運命も風前の灯火という事なのだろうか？

応接室へ場所を移すべく、殿下を案内する。

その間も殿下は何やらブツブツと独り言を呟いていた。

まるでプレゼン前の新入社員のような様子だが、いったい何を呟いているのだろう？

殿下がいらっしゃるという事で急いで清掃された応接室は、窓からの光が差し込んでキラキラと輝いていた。

まるで天が何かを祝福しているかのようだ……。

天はいったい何を勘違いしているのだろうか。

これから私はスキルを暴かれて追放されるかも知れないのよ？

あ、急に曇って来た……。

「では殿下、この後は当人同士で」

「う、うむ……」

私と殿下が向かい合ってソファーに座ると、何故かお父様はお母様と一緒に私達を置いて部屋を出て行ってしまった。

あれ？　お父様は同席しないの？

って事は追放に関する話し合いじゃなくて、ただ普通に殿下が遊びに来ただけって事？

まぁよく考えたら殿下は私と同い年。

いくら王族で将来国を背負う責任があると言っても、僅か8歳の子供に追放を宣告させるような事をする訳が無いわよね。

なんか急に力が抜けたわ。

ほっとしたので、メイドのミーネが入れてくれた紅茶に口をつける。

そしてふと殿下の方を覗ってみれば、殿下は目を血走らせて私の方を凝視していた。

え？　まさか、『魔眼』を使って私のスキルを調べているのっ!?

なんてギラギラとした眼で見てくるのだろう。

一見するとただの寝不足のように見えなくも無いが、殿下からは何か覚悟のようなものも感じられる。

これは、まだ油断出来ないかも知れないわね……。

どうする？

後手に回るよりはこちらから動くべきだろうか？

いや、迂闊に踏み込んでボロを出しては拙い。

ここは相手の出方を待つか……。

「あ、ああ、アグリ嬢。きょ、今日はいい天気ですね」

いや、曇って来ましたけど……？

まぁ言い出しにくい話の時は、天気の話から入るものよね。

「そうですね。まだまだ日射しが強く、暑い日が続きそうです」

無難に返すも、膠着状態は変わらない。

何故か応接室から退出していないセヴァスとミーネの視線が、生温かいのも気になるのよね。

子供同士の会話だと思って呑気《のんき》に見てるのかしら？

今ここは戦場よ。

僅かな駆け引きに負けたら、私のスキルは白日の下にさらされて、追放されてしまうかも知れないのだから。


あっ、殿下の眼がいっそう赤みを増している。

どう見ても寝不足の眼だけど、また『魔眼』を使ったようね……。

でも、不思議と全く魔力の流れを感じない。

周囲に悟らせずに使えるスキルとは、なんとも羨ましすぎるわね。

私なんて普通に考えたら奇行としか思えないスキルのせいで、言い訳しまくってるんだから……。

しかし、じっくりと『魔眼』を使われるのも拙い気がする。

ここは会話の主導権を握るべく動く事にしよう。

「ところで殿下、いつになくお急ぎでの来訪でしたが、何かございましたか？」

これまでの殿下の様子から、恐らく追放とまでは行かずとも、私のスキルを調査する目的で来訪したのだと思われる。

しかし殿下がそれを正直に言える筈も無い。

さてどう返してくるだろうか？

すると殿下はすっと眼を閉じ、深呼吸してから言葉を発した。

「きょ、きょきょ今日は、だだだ大事な話があって来ました」

いつも殿下は私と話をする時は妙に言葉に詰まる様子を見せるのだが、今日は一段と酷い。

それ程の話とはいったい何だろうか？

スキルの調査を誤魔化すための方便だとは思うが、殿下の鬼気迫る様子はただ事じゃない。

まさか——攻撃される!?

さすがに攻撃は無いと思いたいけど、殿下の覚悟を決めたような表情を見ると、その可能性を否定出来ない。

相変わらず魔力の流れは無いのだが、場の空気は重くのしかかってきた。

何故か、殿下の頬が少し紅潮してきているようにも見える。

と、私が戦々恐々としている中、突然殿下は思い立ったように背筋を伸ばして口を開いた。

「アグリ嬢！　どうか僕とこ……こ……こ、ここ……」

殿下が言葉を詰まらせて、次に発するであろう単語が一向に出て来ない。

いったい何を言おうというの？

それにしても、ずっと「こ」を連呼していると鶏みたいだ。

あ、養鶏してみたいかも。

王都じゃ卵は高くて中々手に入らないのよね。

でも侯爵家の庭に鶏小屋を作ったら、糞の臭いや鳴き声でかなり近所迷惑になってしまう。

そもそも私の『農業』スキルって、酪農は出来るのかな？

ん、なんかスキルが出来るって言ってる気がする！

酪農が出来たら欲しいものいっぱいあるわ。

牛乳、牛肉、豚肉、鶏肉、鶏卵……じゅるり。

おっと、涎《よだれ》はあかん。

またお母様に「淑女にあるまじき！」って怒られちゃうわ。

「こ……ここ……こ、こ、こ……」

私が酪農に思いを馳せている間も、殿下はずっと「こ」を連呼していた。

昔のレコードなるものは、針が飛ぶと同じ部分を再生し続けたというけど、こんな感じだったのかな？

それにしても殿下の様子がおかしい。

眼が血走っているだけでなく、紅潮していた頬が更に赤く……いや、顔全体が赤くなって熱でもあるかのようだ。

体調が悪いのだろうか……？

――はっ！　そうか、そういう事だったのねっ!!

殿下の魔力量は私の魔力量に及ばない。

故に殿下は『魔眼』で私のスキルを看破出来なかったのだ。

しかし責任感の強い殿下は無理をして『魔眼』を使い続けた――いや、使い続けてしまった。

その無理が体に変調をきたしてしまっているのでは!?

これは拙いわっ!!

「殿下、失礼します！」

私は即座に立ち上がり、殿下に向けて右手を掲げた。

それを見た殿下の後ろに控えていた護衛達が、私を警戒して動く。

「何をなさるおつもりかっ!?」

剣に手を掛けるも、さすがに子供相手に躊躇しているようだ。

緩《ぬる》い。

そんな事で殿下の護衛が務まるの？

それ以前に殿下の不調も見抜けないなど、配下としてあるまじき。

「黙りなさいっ！」

一喝して、魔力を飛ばして威圧した。

私の魔力量は王族にも匹敵する程膨大であり、目の前のグレイン殿下よりも多い程だ。

子供であろうと魔力の総量が多ければ、それだけで油断出来るものではない。

私の魔力を浴びた護衛達は、金縛りに遭ったように動けなくなった。

私の攻撃的な態度に、護衛の側で控えていた殿下直属の執事――殿下は「じい」と呼んでいた――が、おずおずと私へ問いかけてきた。

「アグリ様、いったいどうされたのですか？」

「貴方達はそれでも殿下の直属ですか？　殿下の不調に気付いていないとは嘆かわしい」

私は湿布を召喚して、殿下の額に貼り付くように飛ばした。

「ひゃっ!?」

ひんやりした湿布が急に額に貼り付いた事で、殿下が小さく悲鳴を上げる。

イメージは熱を冷ますタイプの湿布だ。

足の疲れを取るタイプのものより薬効を抑えめにして、冷やす効果を付与してみた。

殿下の顔の紅潮はすぐに引いていったが、眼は血走ったままで回復の兆しはあまり見られなかった。

『魔眼』の影響まではいくらイメージしても農業用湿布では回復しきれないか……。

鳩が豆鉄砲を食ったような顔で呆けている殿下に、私は頭を下げる。

「殿下、無理をさせてしまって申し訳ございません」

私がスキルを開示すればそれで済む事だが、それでは私が追放されてしまう。

そこは申し訳無いが譲れない。

しかし、殿下のスキルに対して抗《あらが》ってしまい、結果殿下を体調不良にまで追い込んでしまった事についてはは謝罪しておかねばなるまい。

「え？　え？」

何が起こったのか分からない様子の殿下。

ずっと「こ」を連呼してしまうほどだったし、きっと意識まで混濁していたのだろう。

「今日の所は城へ戻られてお休みください。お話はまた次の機会に致しましょう」

「あ、ああ……」

まだ少し呆然としている。

さすがに王子殿下が侯爵家で倒れたとあっては、臣下として面目が立たない。

多少無礼であってもお帰り願った方がいいだろう。

「貴方達、早く殿下をお連れして！」

「は、はあ……」

後ろでぼーっとしている執事と護衛達に声を掛けると、依然として視点が定まっていないような状態の殿下を支えながら応接室を出て行った。

お父様を呼ぼうと思ったが、それよりも殿下を一刻も早く休ませた方がいいと判断し、私だけで馬車に乗り込む殿下を見送った。

「これで一安心ね」

前世の記憶が戻っても、貴族としての矜持を忘れた訳ではない。

スキルのせいで追放されそうな現状だが、それとこれとは話が別だ。

国と国民を守る為には要となる王族に何かあってはならないのだから、最悪私のスキルが露見しようとも、それを曲げるつもりは無いのだ。

殿下を見送って屋敷に戻ろうとしたところで、メイドのミーネが私を残念なものでも見るかのようにジト眼で睨んで来た。

「お嬢様ェ……」

ん？　私、何か間違った？

☆☆☆☆☆☆☆☆☆

帰路の馬車の中、第一王子グレインは窓から景色を眺めながら溜息をついていた。

それは落胆からではなく、頬を紅潮させる程の憧憬への想いから出たものであった。

「アグリ嬢……」

対象の名を呟いたところで、向かいに座る直属の執事から呆れの溜息が漏れる。

「殿下が呆けるのも分かりますが、しっかりなさいませ」

「……むぅ？　だがじい、あれ程の凛々しい姿を見て見惚れぬ者などおるまい」

「まぁ、確かに。あの佇まい、心引かれる程のお姿でした。正に国母に相応しいお方でしょう」

「そうであろう？　美しく気高い、そして僕を気遣う優しさも持ち合わせている。もはや伴侶は彼女以外には考えられぬ」

「殿下、それは困りますぞ。王族は子を成す義務がございます故、必ず側室も迎えねばなりません。殿下には難しいかも知れませんが、派閥のバランスを取るためにも、それは必須なのです」

「それも分かってはいるのだがな……」

じいの言い分にも、若輩ながら理解は示すグレイン王子。

しかしいかに優秀であっても、まだ幼い故に恋心の方が先に立ってしまうのであった。

そして、その恋を成就させる為に今日婚約を申し込みに行ったのが、失敗に終わった事を漸く思い出す。

「アグリ嬢の麗しい姿を拝見出来たのは良かったが、当初の目的は果たせなかった……」

「左様ですな」

「たった一言を口にする事も出来なかった……」

「まったくヘタレですな」

「じい、不敬罪にするぞ?」

「如何様にでもなさいませ。ヘタレにヘタレと言って何が悪いのですか？　もはや老い先短い命、殿下に諫言《かんげん》する為に使えるのならば本望です」

「……すまん、今のは無かった事にしてくれ。確かに僕はヘタレだった。未熟な僕にはまだまだじいが必要だ」

「分かっていただければ結構です」

「アグリ嬢にも気を遣わせてしまうとは、なんて情けないんだ僕は。日々婚約者候補として努力している彼女は、一日でも早く正式に婚約したかった筈なのに。よりによってアグリ嬢に『また次の機会に』と言わせてしまうなんて」

「次回はしっかり睡眠を取り、万全の体調にて向かいましょうぞ」

「じい、それはたぶん無理だ。アグリ嬢に会えると思うと夜眠れる気がしない……」

ひんやりと額に貼り付く妙に心地よい布に手をあてる。

アグリのスキルによって出したものと思われるが、これのお陰で寝不足が少し楽になり、頭もスッキリしてきた。

この布があれば夜もぐっすり眠れそうだが、スキルで出したものであれば一両日中に消えてしまうだろう。

名残惜しさから、そっと布を撫でた。


暫く馬車が進み、少し景色が変わると、またじいが王子に話しかける。

「それにしてもアグリ様の傑物ぶりには、このじいも感服致しました。殿下直属の者を叱り飛ばすとは、あの歳で出来る者など居《お》りますまい」

「ふふ。じいは僕がアグリ嬢の外見だけを見て惚れたと思っていたようだが、アグリ嬢は聡明でもあるのだぞ。同い年で僕と意見交換出来るのは婚約者候補の中でもアグリ嬢だけだ」

「なるほど。逃がした魚は大きいですな」

「まだ逃がしてない!!」

「冗談ですよ。しかしアグリ様の魔力にも驚かされました。噂には聞いておりましたが、護衛騎士の動きを魔力当てだけで止めるとは……。殿下とご結婚された暁には、女王として君臨するのではないですかな？」

「けけけ、結婚っ!?」

『婚約』という台詞すら吐けなかった純情ヘタレ王子には『結婚』という言葉もまだまだ早かったようだ。

そしてじいは自身の発した「女王として君臨する」というのが、意外と冗談では済まされない事かも知れないと思ってしまった。

容姿、精神性、胆力——あらゆるカリスマ性において現国王をも凌ぎかねない片鱗を見せられては、否定する材料の方が少ないだろう。

王子との婚約をこのまま進めて王家乗っ取りとかされないかと、余計な心配がじいの頭を過《よ》ぎった。

結婚という言葉でまた熱が上がった王子が落ち着いて来たところで、じいはもう1つ付け加える。

「しかし妙ですな……」

「何がだ、じい？」

「アグリ様が魔力を放った時の精度は凄まじいものでした。私と殿下を避《よ》けて、確実に護衛の動きだけを止めたのですから」

「そういえばそうだな。さすがアグリ嬢だ。だが、それがどうかしたのか？」

「実は侯爵邸に入る前に密偵より報告を受けまして」

「それで？」

「アグリ様はまだスキルを上手く制御出来ていないらしいのです」

「まだスキルを得たばかりなのだから、慣れていないだけではないのか？」

「報告では、スキルに振り回されているのではないかとの事。丘を跡形も無く破壊してしまったとか、奇声を上げてゴーレムに搭乗したとか。あれ程上手く魔力を操作出来る方がその様な事態になるとは思えません。何かアグリ様に異常な事態が起こっているのではないでしょうか？」

「スキルの暴走か……。たまにあるらしいが、成人する頃には殆どが収まると聞いてるぞ」

「確かにそうなのですが、それは魔力が安定してくるから収まるのです。アグリ様は既にあれだけ魔力操作の練度が高いのですから、そもそも暴走するのがおかしいのです」

「じい、もったいぶるな。何が言いたい？」

一拍置いて、じいは告げる。

「考えたくは無いですが……『呪術』ではないかと」

「ありえん！　呪術集団はカルティア侯爵を含めた騎士団で制圧した筈ではないか！」

「はい。よもや討ち漏らしも無いでしょう。ですが貴族の中には特殊なスキル持ちを奴隷として抱え込む者もいます。その中に似たようなスキルを持つ者が居ても不思議ではありません」

「仮に居たとして、誰が何の目的でアグリ嬢に呪術を掛けるというのだ？」

「申し上げにくい事ですが、婚約者候補の中では明確にアグリ様が筆頭候補です。つまり……」

「他の婚約者候補か……」

「はい」

馬車内は防音の魔導具が使われているため外には声は漏れないが、２人は声を潜めて話す。

「じい、気取られないように調査しろ」

「承知しました」

一転婚約の申し込みどころでは無くなった事態に、王子は心の中で溜息をついた。

☆☆☆☆☆☆☆☆☆

殿下を見送った後、メイドのミーネから思いっきり溜息をつかれた。

いや、もはや溜息を通り越してダメ息ぐらいに。

何なのよもう、具合が悪そうな殿下を帰らせたのがそんなにダメだったの？

そしていつの間にか執事のセヴァスも何処かへ行ってしまっていた。

たぶん状況からして、お父様へ報告に行ったのだろう。

お父様に確認を取らずに勝手に判断したのは拙かったかも知れないけど、貴族として当然の義務を果たしただけだし。

何も問題は無い……よね？

それにしても殿下のスキルはヤバいわね。

今は私の方が魔力が多いからいいけど、努力次第で殿下が私を上回ったら、スキルを看破されてしまうかも知れない。

暫くは殿下に会わないようにした方がいいだろう。

でも体調が回復したら、またすぐに会いに来てしまうわよね？

あーもう、殿下にまでスキルがバレないようにしないとなんて、スキルの検証もろくに出来てないのに……。

なんとかスキルについて深く掘り下げて、たとえバレても有用なスキルであるとアピール出来るぐらいにはしておきたい。

でも侯爵邸の庭で迂闊にスキルを使えば、いちいちその行動について誤魔化さなければいけないし。

出来る事なら、なるべく人目が無い場所でスキルを検証したいのよね。

そしてついでに農業もしたい。

うーん、そんな都合の良い場所が何処にあるって……いや、あるじゃない！

私が足を運んでも不自然ではなく、且つ農業をするのに適している場所が！

「そうだ、侯爵領に行こう！」

「は？　お嬢様、また何訳分からない事言い出してるんですか？」

我がカルティア侯爵家が治める侯爵領は、王都から東方向へ向かった先にある。

肥沃な大地を抱えており、農業も盛んで多くの農作物を作っている。

王都南側の三大公爵家がそれぞれ治める国の台所とも呼ばれる穀倉地帯と比べても、遜色無いぐらいである。

あの広大な大地を耕したら、どれだけ気持ちいいだろう。

これはもう行くしかない！

農地が私を呼んでいるのよ!!

「じゃあ私はお父様に話してくるわね」

「たぶん今は行かない方がいいと思いますよ……？」

何よミーネ、不安になるような事言わないでよね。

☆☆☆☆☆☆☆☆☆

ハーベスト・カルティア侯爵は執務室の椅子に腰掛け、上機嫌に笑っている。

「殿下は前々からうちのアグリちゃんに想いを寄せていたからな。正式に婚約となればお祝いせねばなるまい」

しかし対照的に侯爵夫人であるファム・カルティアの顔色は優れない。

「どうしたのだファム？　殿下との婚約に何か不満でも？」

「いえ、殿下との婚約はとてもおめでたい事と思いますが、アグリの事が気になって……。本当にこのまま殿下との婚約を進めてもいいのでしょうか？」

「何を言ってるのだ。あれだけ強力なスキルを得たのだから、何も問題ないだろう？　昨日も魔導師団の副団長ばりの搭乗型ゴーレムを錬成したと聞いたが」

「ええ、その……スキルの能力的には問題無いと思うのですが、どうもスキルを得てからの言動や行動がおかしいのです」

「そうか？　ちゃん付けをやめろと言われた時は少し寂しさも感じたが、大人ぶりたい年頃なのだろうとしか思わなかったがな」

「昨日もゴーレムに搭乗した際に奇声を発していました。更に、ミーネからの報告では朝部屋へ行く度に寝間着を捲り上げておかしな格好をしていたらしいのです。スキル降ろしの時に何かあったのではないでしょうか？」

深刻な顔をする夫人を少しでも元気づけようと、侯爵は努めて笑顔で話す。

「まだ子供なのだ。スキルを得たばかりで気持ちが高ぶっているだけだろう。自分のスキルに慣れてくれば徐々に落ち着いていくさ」

「そうでしょうか……？」

残念ながらその楽観はすぐに打ち砕かれる。

間もなく悲報を持つ者が執務室の扉を叩いた。

「旦那様、よろしいでしょうか？」

「うん？　セヴァスか、入っていいぞ」

殿下の婚約申し込みの場に親が居ては居心地悪いだろうと、執事とメイドだけを残して退散して来ていた。

その執事のセヴァスがこんなに早く執務室に来るとは、何かあったのだろうかと侯爵は少々気を張った。

「どうした？　嫌に早いな。もう殿下の話は終わったのか？」

「それが……」

言いたくないが言わなければならない。

その葛藤にセヴァスは少し間を空けてしまった。

暫し執務室に沈黙が訪れる。

「何だ？　早く言いなさい」

侯爵はふいに渇きを感じ、喉を潤す為に紅茶を口に含んだ。

「申し訳ありません。私もあまりの出来事に理解が追いつかず、お嬢様をお止めする事が出来ませんでした。どうやら殿下は今日の日に想いを馳せ過ぎて寝不足だったようで、それを体調不良と思い込んだお嬢様が護衛騎士を叱り飛ばして、帰って休ませるよう指示したのです。あれよあれよという間に殿下を馬車に押し込んで、帰らせてしまいました」

「ぶふぅっ!!」

侯爵は口の中の紅茶を全て吐き出して、向かいに座る妻の顔に盛大に掛けてしまった。

滴り落ちる滴の影からギロリと侯爵を睨む夫人。

混沌《カオス》！

そしてその混沌の源が勢いよく執務室の扉を開けた。

「お父様っ！　私、侯爵領へ行きますわっ!!」

☆☆☆☆☆☆☆☆☆

執務室に入ると、お父様は頭痛を堪えるように額に手をあてて天を仰ぎ、お母様は水も滴るいい女と化し、セヴァスは何故か私の方をチラチラ見ながら額に汗を滲《にじ》ませている。

何この混沌《カオス》……。

いったい誰が何をどうしたらこんな事になるのかしら？

私がドン引きしていると、お母様がジロリとこちらを睨んだ。

あ、これはヤバい……。

「アグリ。ノックもせずに扉を開けるとは何事ですか。淑女にあるまじき行為ですよ」

「も、申し訳ございません……」

侯爵領に行けば農業やりたい放題と思ってテンション爆上がりしてました。

メイドのミーネは毎朝ノックも無しに部屋に入って来ますけどね……なんて言おうものならまた正座コースなので沈黙を貫く。

しかしお母様の怒りはまだ収まりそうに無いので、結局説教コースかな？

少しでもおべっか使っておこうっと。

「それよりお母様、濡れたままでは風邪をひかれてしまいます。私のスキルで乾かしますね」

農業と乾燥は切っても切り離せないものだろう。

穀物を長期保存する為に乾燥機を使ったり、干したりするのは定番である。

つまり私のスキルで使えないなどという事は、ある筈がない。

右手に魔力を集め、ドライヤー程度の温風になるようにイメージしてお母様に向けて風を送った。

温度がドライヤー程度でも、そこはスキルで作ったいわば魔法なので、乾燥時間はかなり短縮される。

「こ、これは風と火の合成魔法っ!?　こんな事まで出来るのですか……」

合成なんてしてない元から温風の魔法だけどね。

私のスキルはイメージ次第で、農業に関わってさえいれば色々な属性の魔法が使える。

水や土が最も相性がいいと思うけど、やろうと思えば他の属性も出来るんじゃないかな？

ゴーレムはさすがに作れなかったけど。

え？　スキルが「レベルアップすれば使える」って言ってる気がする。

そうなんだ……。

じゃあレベルアップする為にも、まずは侯爵領に行かないとだね。

濡れが引くと共に、お母様の怒りのボルテージも下がって来たようだ。

とりあえず説教は回避出来たかな？

と思ったが、お父様の方が真剣な顔で私に問うてくる。

「アグリちゃ……アグリ、殿下を帰らせたというのは本当なのか？」

あ、やっぱりお父様に確認せずに勝手に行動したのは拙かったみたいだ。

でもこちらにも言い分はある。

「殿下は眼が充血して顔も赤く紅潮するなど、かなり体調が悪いところを押しておられたようでしたので。私との話などいつでも出来る事です。それよりも殿下のお身体に何かあっては大変ですから、勝手ながら急ぎ帰宅していただきました」

私の報告に、お父様はこめかみを揉みほぐすように顔に手をあてて俯いた。

対応としては間違って無いと思うんだけど、お父様は納得していないようだ。

「はぁ」と何か呆れたかのような溜息をついていた。

あるぇ～、おっかしいな～？

貴族の対応として申し分無いつもりだったのに。

令嬢としてはそこまでやっちゃいけなかったのぉ？

「それで、侯爵領へ行くというのは？」

「ご存知の通り、私はまだスキルの制御が難しく、侯爵邸の庭で練習していては、庭を更地にしてしまうかも知れません。学園の入学までに十全に使いこなせるようにしておきたいですし、広い土地のある場所で訓練した方がいいと思うのです。侯爵領であればお兄様もいらっしゃいますので、適している かなと……」

「しかし、侯爵領に行けば殿下が会いに来づらくなるだろう？」

まぁそれも目的の1つではあるからね。

まだ殿下の『魔眼』にスキルを看破される訳にはいかないのですよ。

って言うか、別に殿下が会いに来づらくなっても困らないよね？

私がキョトンとしていると、お父様はまた大きく溜息をついた。

「まったく、婚約者候補としての自覚が足りない……はっ!?」

ん？　お父様、今なんておっしゃいました？

よく聞こえなかったけど、こん……こんにゃくって言ったのかな？

生育まで数年かかる上に、寒さに弱い作物よね。

でも、だからこそ育て甲斐がある。

幸い侯爵領はわりと温暖な気候だし、こんにゃく栽培に着手するのも悪くないかも。

あれ？　何かお父様が青ざめているんだけど、どうしたんだろう？

それを見たお母様が徐々に鬼の形相へ変貌して行く。

「あなた、まさか……」

あ、お父様が目を逸らした。

何が起きてるのか知らんけど、これは荒れるな……。

早々に退散した方が良さそうだ。

「ではお父様、そういう事で」

「あっ、待ちなさいアグリっ……!!」

お母様の怒りのとばっちりを食うのは勘弁願いたいので、私はさっさと逃げますよっと。

素早く扉を閉めると、執務室の中でお母様の魔力が膨れ上がったのを感じた。

間一髪っ！

☆☆☆☆☆☆☆☆☆

夫人の魔力当てをギリギリ躱《かわ》し、這々《ほうほう》の体《てい》で侯爵は叫ぶ。

「ちょっ！　ま、魔力を収めなさいっ!!」

「あなた、まさかアグリに『殿下の婚約者候補』になった事を言い忘れてたなんて言わないでしょうね？」

「ひいっ！　す、すまんっ!!　言ったたつもりになってたんだが、よく考えたら伝えていなかったっ!!」

即座にソファーの横へ移動し、床に額を擦りつける。

「どうりで、どうにもアグリの言動がおかしいと思ったのです！　スキルを得たのであれば、次には殿下との婚約に向けて行動をとる筈なのに、そんな素振りを全く見せないのですからっ!!　どこの世界に王族の婚約者候補になった事を言い忘れる親が居るんですかっ!!」

「こ、ここに居ました……ごめん」

「ふざけないでくださいっ!!」

セヴァスは気配を消して嵐が過ぎ去るのを待った。

☆☆☆☆☆☆☆☆☆

その日は、昼食時も夕食時も、お父様とお母様は顔を見せなかった。

セヴァスの話ではかなり大変な事になっているらしい。

お母様の怒りが有頂天——もとい頂点に達してしまい、部屋から出て来なくなったのだとか。

それをお父様が必死に宥めようと、部屋の扉の前で謝罪し続けているらしい。

結婚って大変ね。

私はまだ8歳だから、そんな心配しなくていいから楽だわ。


さて、早々に侯爵領へ行こうと思ってたのだけど、門番に止められて、更には執事のセヴァスの監視までついてしまう事態に発展していた。

まぁ侯爵家の令嬢が護衛も連れずに郊外に出ようなんて、そりゃ止められるわよね。

護衛が居なくても、1人で侯爵領までぐらい行けるのに。

というか、セヴァスはそもそも行かせないように見張ってる感じだし。

現状身動きが取れないのである。

やはり決行は深夜だな……。


草木の眠りを、月が優しく見守る。

脱出するには少々明るいが、思い立ったが吉日。

あと1時間足らずで翌日。

決行するなら今しかない。


私の部屋は侯爵邸の2階にある。

セヴァスの命令で、部屋の前の廊下にはずっと侯爵家の私兵が立っていた。

その為、逃げるとしたら必然的に窓からという事になる。

音を立てないようにそっと窓を開き、眼下に広がる侯爵邸の庭園を見下ろした。

「お嬢様、どこかへお出かけですか?」

居ると思ってたけど本当に居たわ。

窓の下方には、執事のセヴァスが立ってこちらを見上げていた。

「あらセヴァス、月が綺麗ね」

「その台詞はグレイン殿下に言って差し上げるのがよろしいかと」

何で殿下の名前が出てくるのよ？

意味が分からないわね。

それにしても予想通りだけど、窓からロープを垂らして脱出という古典的な策は使えないか。

「窓からロープを垂らして脱出というのは、旦那様で経験済みです」

お父様、思考パターンが私と同じとは、さすが親子。

って言うか、お父様も夜中に脱出しようとするような事があったのね。

お陰でプランAは潰されてしまったわ……。

ならばプランBに移行するのみ！


まずは『身体強化』を使えるか試してみる。

武闘系スキル持ちは、ほぼ例外無く使えると言われている『身体強化』。

自身の魔力を身体に巡らす事で細胞を活性化、あるいは硬化させて身体能力を跳ね上げるというものだ。

一部の魔導師系スキル持ちでも使用出来る人は居るらしい。

では生産系スキル持ちの場合はどうかと言うと、意外にも殆どの人が出来てしまうのだ。

但《ただ》し、あくまでも生産に必要な筋力を上げる為にしか使えない。

それでも鍛冶師なんかはそれなりに腕っぷしが必要な職業なので、かなり肉体を強化出来来、そこらの武闘系スキルにも引けを取らないパワーを見せるという。

まぁ戦闘となると技術が伴わないので、そうそう勝てないらしいのだが。

それを踏まえて、私の『農業』スキルではどうかと言うと――農業は当たり前の如くとても腕力が要るし、鍬を振り下ろす、俵を運ぶ等々、力の要る仕事は多岐にわたるのだから『身体強化』出来ない筈が無い。

私は魔力を両腕に巡らせて、筋力を強化するようイメージしてみた。

案の定、あっさりと『身体強化』には成功した。

いつものほっそりとした少女の腕だが、内側の筋肉ははち切れんばかりに密度を増している。

但し、『身体強化』は通常よりも遙かに身体を酷使する事になるので反動ものもの凄い。

武闘系スキル持ちであっても、攻撃の一瞬だけ強化するのが普通らしい。

ところが、私には『湿布』があるので、筋肉痛を回復しながら延々と『身体強化』が使えるのだ！

両腕に湿布を貼って、『身体強化』の反動でダメージを受けた肉体を回復しながら、強化し続ける。

けっこう魔力を食うので、魔力ゴリ押し出来る私にしか出来ない技だと思う。

そもそも湿布出すとか、生産系スキルでも聞いた事無いから、誰もそんな事が出来るって知らないんだろうなぁ。


さて、ここまではプランBの準備でしかない。

ここからが本番だ。

ちなみに、セヴァスに殴りかかる為に腕力を強化したのではない。

そんな事をしても、セヴァスは恐らく戦闘系のスキル持ちだから勝てっこないし。

私の真の目的は別にある。

私は窓の外に両腕を伸ばして魔力を宙に注いだ。

「お嬢様、いったい何を……」

セヴァスが警戒しているが、もう遅い。

「『召喚』！」

私の身体から出て行った魔力は、月に照らされた少し明るい闇の中で1つの光の塊を形成する。

そこから、風を切るようなプロペラ音を発してホバリングするものが顕現した。

『農薬散布用ドローン』である。

ふふふ、農業に関係ある機械なら、空を飛ぶ物であろうが召喚出来てしまうのだよ！

なんてドヤ顔している場合じゃなかった！

私はドローンの下部にある足部分に、身体強化した両腕で掴まった。

「じゃあねセヴァス。私は今から侯爵領に行くから、あとよろしくね」

「ぬはぁっ!?　飛行型ゴーレムですとおおおぉっ!?」

私が魔力を流すと、農薬散布用ドローンは月に向かうようにふわりと飛び立った。

残暑は厳しいが、夜はそれなりに丁度良い涼しさとなって来た。

でも高高度を飛行するには、ちょっと肌寒いかも？

月に照らされた王都の街並みが眼下に薄《うっす》らと見える。

まだ暖炉に火を入れるような季節じゃないから、月の光が無ければ真っ暗だっただろう。

前世のような夜景が見れるのは、もうちょっと寒くなってからかなぁ？

なんて考えながら王都の上空を農薬散布用ドローンに掴まりながら飛行していた。

このまま侯爵領まで飛んで行けたらいいんだけど、ドローンに私を運ばせるのはそれなりに魔力を消耗するし、更に『身体強化』も常時使用しているので、長時間の運用は不可能だ。

どこかで降りたいけど、なるべく人目につかない所がいいよね。


とキョロキョロ周囲を見回していると、ふいにドローンが傾いて横に流れるような動きをした。

「うわっ！」

振り落とされないように腕に力を込める。

と、次の瞬間、下方からさっきまで私が居た場所を攻撃魔法のようなものが通過して、上空へと消えて行った。

「えっ!?　あ、危なかった……」

ドローンが流れなかったら当たってたよ。

誰よ、こんな夜中に空に向けて魔法放ったのは!?

空を飛んでる人がいたら危ないじゃない!!

まぁ普通は居ないと思うけど……。

誰かが魔法の練習でもしてたのかな？

魔法が放たれた方向を確認しようと思ったら、またドローンがおかしな方向に傾いた。

そして少し移動すると、再び移動前の場所を攻撃魔法が通過する。

ちょっとっ！　私を狙ってるの!?

月夜に未確認飛行物体が居たら、魔物か何かと思って攻撃しちゃう気持ちも分かるけど……。

それとも1つ不可思議な事が――このドローン、私の意思とは無関係に勝手に動いてない？

しかも弾道を予測して避けてるみたいだし。

召喚されたドローン凄っ……。

などと感動に浸っている暇も無く、次々に攻撃魔法が私に向かって放たれて来た。

それを悉《ことごと》くドローンが躱してくれる。

農業用とは思えない程の高機動性を誇るドローンだが、どうやらドローン自体が勝手に動いてるのではなく、私のスキルが干渉して動かしているらしい事に気付いた。

スキルってそんな自律防衛みたいな事までしてくれるのね。

凄いわスキルちゃん！

って、このままじゃいつか撃ち落とされちゃうわ。

私は急ぎ、王都の郊外まで移動するようにドローンに魔力を流し込んだ。

なんとか追撃を振り切って、王都郊外の森の中に身を潜めるように着陸出来た。

ドローンは見られると何かと拙いので、すぐに帰還させる。

それにしても、あの攻撃は何だったのだろうか？

未確認飛行物体だからって、普通いきなり攻撃してくる？

友好的な知的生命体が乗ってたらどうするのよ。

あっ、ひょっとして王都の衛兵が防衛の為に攻撃してきたのかも……ごめんよ衛兵さん、不審な行動とって。

次回からは侯爵邸を出たら、すぐに着陸して別の移動手段を使う事にしよっと。

次回とか考えてるって知られたら、めっちゃセヴァスに怒られそうだけどね。


とりあえず空はもう警戒されてるだろうから、陸路から行くとするか。

陸路……農業……あれしかないよね。

「『召喚』っ！」

私の手から放たれた魔力が一ヶ所に集まり、洗練されたフォルムを顕現させる。

前後に装備された厚みのあるタイヤ。

大きめの座席と後部には荷台。

農家御用達の自動二輪車だ！

前世のお祖父ちゃんが田んぼを回るのに使っていた50ccの原付ではなく、小型限定の二輪免許が必要となる排気量１１０ccの方である。

移動速度は時速100㎞以上だって出せる高性能バイク。

まぁ前世の世界では高速道路を走行出来ないから、性能を発揮する機会は無かったけどね……。

だがここは異世界なので、免許も要らないし速度制限も無い。

但し道路は整備されてないという、二輪で走るにはやや不安な部分もあるが、排気量の割に悪路に強いこのバイクならある程度安定して走行出来るだろう。

「ちゃんとヘルメットまで召喚してくれるとは、至れり尽くせりね」

私はヘルメットを被り、付属していたゴーグルを目元まで下ろした。

魔力を流して点火《イグニッション》。

4ストロークの振動が下半身から伝わる。

これはヤバい……耕運機の時よりハートがビートを刻むぜ!!

左足でギアニュートラルから1速に入れて、右手でアクセルを回す。

侯爵領目指して、私は目一杯エンジンを吹かした。

「ヒャッハー!!」

召喚したバイクで走り出す8歳の夜。

その後王都近郊で、奇声を発して爆走する鉄の馬の噂が立ったとか……。

☆☆☆☆☆☆☆☆☆

ベジティア王国では、三大公爵家と呼ばれる貴族が広大な南部領地を治めている。

南西のアルビオス家、南中央のキリク家、南東のレコンギス家。

いずれも貴族として王族に次ぐ絶大な力を持つ。

そのうちの一角、アルビオス家の王都邸で、公爵夫人は娘と共に密偵から報告を受けていた。

「侯爵令嬢が1人で外へ向かうという絶好の機会を逃したのは、どう弁明するのかしら？」

「も、申し訳ございません……」

密偵の男は額に汗を滲ませながら頭を垂れる。

それを見て公爵夫人は溜息を1つつく。

「まぁ終わった事はいいわ。王都の街中で魔法を放ったのを誰かに見られてないでしょうね？」

「は、はい！　それは勿論です！」

「ならいいけど。最近、王族の暗部が動いているようだから、迂闊な行動は控えてね」

口調は柔らかだが、常に膨大な魔力で圧を放つ女傑。

当主のアルビオス公爵は表向きだけのいわば飾りであり、真にアルビオス公爵家を牛耳っているのはこの夫人なのである。

「それにしても、前の報告では雷系やら土系やらの魔法を使ったという話だったけど、例の奴隷の『呪術』は効いて無かったという事かしら？」

「いえ、『呪術』は確かに成功していました。奴隷は主に嘘をつけませんので。侯爵令嬢アグリ・カルティアのスキルは間違い無く生産系になっている筈です」

「貴方は生産系スキルでも攻撃的魔法が使えると言うつもり?」

「そっ、それにつきましてですが、奴隷の『呪術』はかの呪術集団程の力は無い為、戦闘系スキルを生産系にねじ曲げる代償として対象のスキルが強化されてしまうらしく」

「あら、それは初耳ね」

「ですが生産系スキルでさえあれば、王子殿下の婚約者候補から外されるとの事でしたので……」

男が公爵夫人から受けていた命令は、アグリのスキルを生産系にして婚約者候補から外させろというものだった。

それを満たしてさえいれば、余計な報告はしない方がいいと、スキルが強化される件については省いていたのだ。

しかし、ここでもそれを隠蔽すれば、次にバレた時にどんな罰が下るか分からない。

傷が浅いうちに正直に話す事で、僅かにでも減刑してもらおうという算段であった。


じっと夫人は男を見つめる。

その間も相変わらず魔力による圧力は弱まらない。

生きた心地がしない男には、その間の時が数十倍にも感じられた。

「土系の魔法の可能性もあるけれど、飛行型ゴーレムは結局何も攻撃して来なかった。つまり生産系のスキルで作られた可能性が高いわね」

「は、はい。おっしゃる通りです」

「馬の数倍もの速さで走ったというちょっと信じ難い話の移動型ゴーレムも、逃げ足が速いだけで攻撃能力が無いなら、生産系のスキルで生み出されたものと言えるかしら」

そこで言葉を区切る夫人。

ごくりと生唾を飲み込む男。

「確かに攻撃力が無い役立たずのゴーレムを生成しただけなら、生産系のスキルなのでしょう。でも雷系の魔法についてはどう説明するの？　そもそも攻撃力が無かったのではなく、攻撃する意思が無かっただけかも知れないし」

夫人が魔力の圧を少し高めたところで、それまで大人しく話を聞いていた娘の公爵令嬢メリアナが割って入る。

「お母様、大切なのはアグリ・カルティアのスキルではなく、あの子が婚約者候補から外れる事ですわ」

それまで周囲に圧を掛けていた夫人の魔力が弱まった。

「そうね。メリアナの言う通り、それが成されればどうでもいい事だったわ」

「でしょ」

無邪気に母と会話を交わす令嬢だが、話している内容はそれなりに物騒だ。

要は、手段によらず他者が蹴落とされればいいという事なのだから。

だが、そうしてでも王族の婚約者の座というのは欲しいものなのだろう。

しかも公爵家令嬢ともなれば、本来なら婚約者の中でも筆頭に名を上げる筈だったのだから。

しかし婚約者候補の中では、公爵家を差し置いて、侯爵家の令嬢が筆頭であると見られていた。

頭脳明晰、容姿端麗、魔力も王族並に膨大であるアグリ・カルティアは、他の追随を全く許さない存在だった。

それをそのまま指をくわえて見ているなど、この苛烈な精神性を持つ公爵夫人が出来る筈も無い。

その血を色濃く継いでいる娘のメリアナも同様である。

表立って糾弾出来る材料が無い為、公爵夫人は奴隷を購入して今回の行動に出た。

『呪術』と呼ばれる闇系スキルを用いて、神の祝福である『スキル』を書き換えさせたのである。

この国では貴族に連なる者は『戦闘系スキル』の強さで評価される。

その中にあって『生産系スキル』は論外であり、評価に値しないどころか貴族にあるまじきとまで言われるものだった。

貴族の子で生産系スキルを得てしまった者の末路はほぼ決まっている。

廃嫡されて追放されるか、家の中にあっても冷遇されるか、場合によっては無かった者として消されるか。

多くは追放という名目で知人に預けられるが、そこではもう以前のような裕福な暮らしは望めない。

故に貴族にとっては、スキルが戦闘系であるか生産系であるかは一大事なのである。

娘から男の方へ視線を向けて夫人は命令を下す。

「でも、それすらまだ確定した訳ではないのよね。婚約者候補から外されたという話は出ていないし、侯爵家から追放された訳でもない。1人で侯爵家を出て行ったというのは不可解だけど、まだ監視は続けなさい。生産系スキルであると確証が持てるまでね」

「御意……」

男は思った。

スキルを看破出来る『魔眼』のようなスキル持ちが居れば簡単なのに……と。

第三章

ゴブリンキング

「たのも～」

早朝にも拘わらず、カルティア侯爵領の領主邸入口付近から、なんとも間の抜けた少女の声が響き渡った。

まだ門番も起きていない、漸く日が顔を出し始めた時間である。

たまたま朝から外で鍛錬に励んでいた執事見習いのヴァンは、何事かと急ぎ門へと向かった。

そこに居たのは明らかに貴族と思われる容姿の少女であった。

しかし綺麗なドレスは突風にでも吹かれたかのようにヨレヨレになっており、髪も固めの帽子を被ったような潰れ方をしている。

顔立ちだけは絶世の美少女であり、先程の間の抜けた声を出した本人とはとても思えない程だが、それ以外がダメダメだった。

そもそも貴族の令嬢であれば、1人で外を出歩く筈が無い。

護衛も連れず、しかもこんな朝早くという非常識な時間帯に訪れるとはいったい何者であろうか？

ヴァンは警戒の色を強めつつも、何らかの事情があった場合を考慮して、鉄柵の門扉《もんぴ》越しに丁寧に話しかけた。

「お嬢さん、どうされましたか？」

ヴァンが問いかけると、少女は僅かに眼を見開いてキョトンとした顔で首を傾げた。

「あら、見た事無い顔ね。新しく領主邸に入った方かしら？　ん？　でも、何となく見覚えがあるような……」

少女は領主邸に出入りした事があるような口ぶりで語った。

近隣の貴族の子女であろうか？

領主邸に出入りするとしたら侯爵派閥の娘かも知れない。

ヴァンはまだ領主邸に来て1年足らずである為、各貴族当主以外の娘達の顔までは把握し切れていなかった。

しかし一時の恥や失礼であっても、キチンと名前を確認した方が良かろうと頭を下げる。

「申し訳ございません。存じ上げません事をお詫び致します。お名前をお教えくださいますでしょうか？」

ヴァンは頭の中に周囲の貴族の名前を羅列し、少女の名に該当するだろう貴族家を準備する。

しかし、そんな予想の斜め上を行く答えが返って来てしまった。

「私はここの侯爵家の娘、アグリ・カルティアです」

ヴァンはその名に驚き、警戒を強めた。

数年前、侯爵令嬢アグリ・カルティアとは何度か会って遊んだ事もある。

確かに面立ちが似ている部分もある気はするが、果たして本物なのだろうか？

そもそも、たった1人でこの場に現れたというのが解せない。

どんなに強力なスキルを持つ者であろうと、貴族の令嬢であれば必ず護衛を付けるものなのだから。

服装も乱れ、しかもこんな早朝である。

おかしい事は山積みだった。

それに今日令嬢が到着するなどという報告は受けていない。

いかに見習いであろうと、執事には情報が共有される筈である。


果たして事態は悪い方へと進展する。

どう対処しようかと悩んでいるところに、来てはならない人物が来てしまったのだ。

「ヴァン、どうかしたのかい？」

そこに現れたのは、父の跡を継ぐため領主見習いをしているこの館の主、侯爵家嫡男ライス・カルティアであった。

ヴァンとライスは同い年であり、今は主従の関係でありながらも、学生時代からの親友だ。

仲が良いので、毎日早朝から共に鍛錬に励んでいる。

今日もそうしていたせいで、ヴァンが中々戻らない事から、ライスが心配して門扉へと足を向けてしまったのだ。

そのライスを見て、侯爵令嬢であると名乗った少女が反応を見せる。

「あっ、お兄様！」

「え？　アグリ？　どうしてここに……？」

格子状に鉄で編まれた扉に主であるライスが近づこうとしたので、ヴァンは即座に体を滑り込ませて静止する。

「危険です！　近づいてはなりませんっ！」

「何を言ってるんだ、ヴァン？　あれは妹のアグリだよ」

「妹君であれば1人でこの領主邸に来るなどありえません。そもそも来訪される連絡は受けてないでしょう？」

「あ、ああ。確かにそうだが……」

そしてヴァンはそのまま不審人物である扉の向こうの少女の正体を探るべく、自身のスキルを展開した。

ヴァンのスキルは『魔眼』——対象の情報を過去や直近の未来に至るまで看破出来るものである。

未来視によって敵の動きを読み切り、魔力を込めれば瞬間的に相手の動きを封じる事も出来るので、『魔眼』は戦闘系スキルに分類されるが、その真骨頂は相手の隠している事すらも詳《つまび》らかにしてしまう事だ。

場合によっては貴族間のパワーバランスをも崩しかねない程の能力の為、普段の使用はなるべく控えている。

だが、今はその能力を使用する事に躊躇いなど無かった。

もし相手が暗殺系のスキルを持っていたならば、主を危険に晒してしまうのだから。

少女についての詳細なデータが『魔眼』を通じてヴァンの脳内に流れ込む。

——名：アグリ・カルティア
——身分：侯爵家長女
——スキル：『農業』

「へぁっ!?」

本物の侯爵家令嬢である事さえ確認出来ればその時点で安全であろうに、警戒する余りそのままスキルまで見てしまった。

そして、あまりにも予想外のスキルであったため、ヴァンは素っ頓狂な声を出して呆けてしまった。

☆☆☆☆☆☆☆☆☆

侯爵領の領主邸の門前でお兄様に会う事が出来たのだけれど、この新人さんらしき人が一向に中に入れてくれない。

というか、何故か急に呆けてしまって、私の方を見たまま固まっているのよね。

なんかお兄様に『ヴァン』って呼ばれてたけど、幼い頃に一緒に遊んでもらったあのヴァンかな？

まぁ前世の世界にしてみれば、今の私もまだ幼いけども……。

それは置いといて。

いい加減中に入れてくれないかなぁ？

夜通しテンションMAXでバイクを飛ばして来たから、さすがに疲れて眠いのよ。

「ヴァン、もしかして視たのか？　どうだった？」

「……あ、はい。あれは確かに妹君のようですが」

「そうか。なら問題無いね」

「いえ、たとえ本人であったとしても何者かに操られている可能性もあります」

「そうだったとしても、十《とお》も年下の少女に僕が後れを取ると思うかい？」

「それは……」

何やらヴァンとお兄様がごちゃごちゃやり取りしている。

何でもいいから早くして欲しいなぁ……。

と思ってたら、お兄様が格子状の門扉を開けてくれた。

「アグリ、取り敢えず話を聞きたいから、応接室に行こう」

話の前にお風呂入って一眠りしたかったんだけど……。

そしてヴァンはずっと私を警戒して、ぴったりと後ろに張り付いて来ていた。

そんなに警戒する理由ある？

いや、スキルを得たならば8歳だとしても十分暗殺者たり得る可能性があるのか。

うーん、どうやってそうではないと証明しよう？

まぁ正直に話して、通信魔導具で王都の侯爵邸に確認とってもらうしか無いか。

スキルについては誤魔化すけどね。


応接間に移動して、私とお兄様が向かい合って座る。

ヴァンはお兄様の横で直立していた。

どうやらヴァンはお兄様の護衛的な立場のようだ。

私は、搭乗型ゴーレムを生成して王都からここまで一晩で駆けたと説明した。

「本当に1人で王都からここまで来たのかい？　それもたった一晩で……」

「はい。王都と通信してもらえば、昨日の夜に王都の侯爵邸に私が居た事は証明されますわ」

「いや、それだと今ここに居る君について疑惑が増すんだが……？」

おっと、そういえばそうね……。

普通に馬車で2～3日掛かる距離を一晩で移動したとか、アリバイがあるせいで逆にここにいる私が疑われちゃう。

ついスキルの凄さをアピールしようとしてしまったわ。

「ま、まぁそれだけ私のスキルが優秀だって事ですわね」

私がそう言うと、お兄様はチラリとヴァンの方を覗う。

そしてヴァンは何故か首を横に振る。

おい、何だそのやり取りは？

全然私の言う事信用してないだろ。


と私達が話をしていると、ガチャリと応接間の扉が開き、1人の壮年の男性が入室して来た。

「何やら朝から騒がしいですな……って、アグリお嬢様!?」

「あ、シルヴァ。久しぶりね」

その壮年の男性は、この領主邸で執事をしているシルヴァ——王都の侯爵邸で執事をしているセヴァスの息子である。

親子揃って侯爵家に勤めてくれている、ありがたい存在だ。

朝早くから私達が話をしている音を聞いて、何事かと様子を見に来たらしい。

そのシルヴァを見て、お兄様が丁度良い所に来たと用事を頼む。

「シルヴァ、通信の魔導具を持って来てもらえるかい？　王都の侯爵邸に連絡を取りたいんだ」

「……なるほど、そういう事ですか。承知しました」

どういう事ですか？

微妙に溜息をついてたのが気になるんですけど。

シルヴァが退室したところで、室内に僅かな沈黙の間が訪れる。

通信の魔導具で王都に連絡を取ってもらえば、私はもう用済みよね？

「ではお兄様、私一晩中駆けていたせいで眠いので、部屋で休ませていただきますね」

「うん、ダメだよ。シルヴァが戻ってくるまでここに居てね」

あ、お兄様の目が笑っていない。

そしてお説教直前のお母様と同じ圧を感じる……。

でも私の『農業』スキルでは逃げる術が無いわ。


程なくして、シルヴァが通信の魔導具を携えて戻って来た。

侯爵家が持つ通信魔導具は、一般的に使われている文字だけの通信ではなく、リアルタイムで音と映像をやり取り出来る高級品である。

形は長方形の鏡にしか見えないが、かなり高度な技術が使われていると思われる。

お兄様が魔導具に魔力を込めると、すぐに王都の侯爵邸と通信が繋がったようで1人の映像が映し出された。

そこに映っていたのは白髪の執事——セヴァスだった。

何故か私が飛び出した時とは違い、妙に落ち着いていた。

「ライス様、通信して来たという事はお嬢様がそちらに到着されたのですね」

「久しぶりだねセヴァス。その通りだけど、セヴァスはアグリが一晩で侯爵領に辿り着いた事には驚いてないいんだね」

「ええ、まぁ。お嬢様は空も飛びなさるので……」

「え？　空？　冗談だよね？」

「冗談ではありません。空を飛んで侯爵邸から飛び出したのですよ。一晩で侯爵領に辿り着くぐらいはやってのけるだろうと思っておりました」

ふむ。私のスキルがかなり強力であると、印象付ける事に成功していたようだ。

これはいい傾向ね。

「ライス様、お嬢様は今居られますか？」

「うん、今アグリの方に向けるね」

お兄様が通信魔導具の鏡面を私の方に向ける。

どうやら真正面の映像しか送れないらしい。

私の姿が向こうの魔導具に映ったようで、セヴァスの様子が変化する。

「はぁ……。一先ずご無事であった事に安心致しました」

「ごめんね、セヴァス。とりあえず私は大丈夫だから」

安心させようと言ったのだが、何故かセヴァスは眉を寄せる。

「大丈夫ではありませんぞ。奥様がそちらに向かわれました」

私のバカンスは早くも終わりを告げようとしている……。

セヴァスの話を要約すると、夫婦喧嘩中のお父様に私が脱走した事を報告しに行ったら、それまで部屋に閉じこもっていたお母様が囃子《はやし》の音を聞いて岩戸から出て来たというお話だった。

そして、そのまま愚娘を叱る為に馬車に乗り込みましたとさ。

めでたしめでたし……めでたくないよ？

「母様が来るなら僕からはもう言う事も無いかな。じゃあアグリ、部屋に行って休んでいいよ」

「……はい、お兄様」

お兄様は何だかんだ私に甘いので、多少叱られてもこっちに居てスキル使い放題だと思ったのに。

まさかお母様が連れ戻しに来るとは、誤算だわ。

でも、そうまでして私を王都に居させなきゃいけない理由なんて無いと思うんだけどなぁ？

寧《むし》ろグレイン殿下と顔を合わせてスキルバレしちゃう方が侯爵家にとっても良くないと思うのに。

いや、逆にそれが狙いか!?

私のスキルを殿下に見てもらう事で、私が侯爵家に相応しいかどうかを判断するつもりなのかも知れない。

くっ……お母様が侯爵領に到着するまでにスキルを仕上げないといけないとは。

これは農業を楽しんでる場合じゃないわね。

馬車での移動で、およそ2〜3日程度の距離だ。

時間が無い……けど、眠い。

だめだ、一旦寝てから考えようっと。

☆☆☆☆☆☆☆☆☆☆

執事のシルヴァに連れられて寝室へと向かうアグリを見送ると、侯爵家嫡男ライス・カルティアは執事見習いのヴァンに尋ねる。

「ヴァン、アグリのスキルは空を飛べるようなものなのかい？」

「……いいえ。そのようなものではない筈です」

「僕に教えてはくれないの？」

「不審な点が多すぎたので、刺客かと思いスキルまで覗いてしまいましたが、これはライス様にもお伝え出来ません。私１人で背負います」

「……すまない。それはきっと僕が知っては不都合があるからなんだろうね。君１人に負担を掛けるなんて嫌なんだが、その方がいいという判断なら、従うよ」

ヴァンは侯爵家執事セヴァスの孫である。

同時に領主邸執事シルヴァの息子でもある。

故に侯爵家とは関わりが深く、同い年のライスとは親友どころか運命共同体であった。

ヴァンは家族にすら開示していないスキル『魔眼』について、ライスにだけは話していた。

他人のスキルを知ってしまえる事が心に重くのしかかり、それをつい親友であるライスに明かしてしまったのだ。

世界を揺るがしかねない秘密を共有させられた事に怒るどころか、重荷を共に背負うとまで言ってくれたライスに、ヴァンは生涯の忠誠を誓う。

そして、主にこれ以上余計な重荷を背負わせないよう、迂闊に他人のスキル情報等は読み取らないように注意していた。

それが、アグリの突飛な行動で、突然崩されてしまったのである。

ヴァンは今まで、必要とあって読み取ったスキルについてはライスと全て共有していたが、アグリのスキルについては侯爵家に波乱を呼びかねないので自分の中だけに止《とど》める事にしたのだ。

「でも、何かあったら必ず相談してくれ。ヴァン1人だけで対処しようとしない事」

「承知しました」

アグリのスキルを知ってしまったせいで、ヴァンの人生も大きく歪められる事となる。

主にアグリの奇行によって……。

☆☆☆☆☆☆☆☆☆

目を開けると、いつもとは違う天井。

窓の外は日が高く昇っており、もう正午近くのようだ。

「あら。アグリお嬢様、お目覚めですか?」

侯爵邸のメイドのミーネとは違う、少し甲高い声が寝室内に響いた。

私が寝てる間に部屋に入って来るって、誰よいったい？

もぞりと布団の中で身動《みじろ》ぎし、声のした方へ寝ぼけ眼《まなこ》を向ける。

「んん、誰ぇ？」

「何寝ぼけてるんですか？　私はメイドのナナですよ。ドレスのまま寝ちゃうから、寝間着に着替えさせるの大変だったんですからね。起きたんなら、また着替えさせていただくのでベッドから出てください」

そこに居たのは侯爵領領主邸のメイド、ナナだった。

そっか、私、侯爵領に来てたんだった。

ミーネもそうだけど、ナナも私にはけっこう厳しい。

遠慮が無いというか、容赦が無いというか……。

「はいはい、ちゃっちゃと脱いでくださいね」

ポンポンと寝間着を剝《は》ぎ取られ、少し古くなった洋服を着せられた。

「お嬢様に合うサイズの服が無かったので、古着になってしまいましたが我慢してください。先触れも無く急に来たお嬢様が悪いんですからね」

まぁ確かにそうなんだけど、普通の貴族家でそんな事言ったら不敬罪よ？

でも以前と変わって無いナナに少し安心もした。

お父様の仕事の都合もあって、暫くこっちには来て無かったから。

着替え終わると共に、私のお腹《なか》が小さな悲鳴を上げる。

そういえば部屋に来てすぐに寝ちゃったから、朝食を食べ損ねてたんだった。

「もう昼食になってしまいますが、召し上がりますか？」

「ええ、そうするわ」

ナナに従い、私は領主邸の食堂へ向かった。


食堂で遅い朝食——というか、もはや昼食——をとった。

お兄様は出掛けたらしく、領主邸にはもう居ないようだった。

領主邸で働く人も心なしか少ないように感じられる。

特に兵士の数が減っているような気がした。


食事を終えて部屋に戻ると、何故かヴァンが私の部屋の前に立っていた。

「あれ？　どうしたの？」

「不本意ながら、貴方様の警護をライス様より仰せつかったので、今日から付き従わせていただきます」

『不本意』は声に出しちゃダメな部分でしょ！

まだ私を疑ってるのかな？

王都の侯爵邸と連絡を取って疑いは晴れた筈なのに……。

まぁ護衛を付けないと、この館の執事であるシルヴァから色々言われそうだし。

とりあえずヴァンに挨拶しておきますか。

「そうですか。よろしくお願いします」

「はぁ……」

露骨に溜息つきおった……。

よぉし、そっちがそういう態度なら容赦せんぞ。

「ではヴァン、簡易的なものでいいので、この侯爵領の地図を持って来てください」

「地図ですか……？」

訝しげな顔をしたまま、ヴァンは渋々ながらも地図を取りに行った。

程なくして地図を持って来たヴァンと共に、寝室と併設されている居室へ入る。

私がソファーに座ると、ヴァンがテーブルに地図を広げた。

「侯爵領で、耕作放棄地になってるような広い場所はあるかしら？」

「耕作放棄地というか、魔物が出やすい為に荒野になっている場所はあります。この辺の、北へ馬車で1日程度行った場所に見渡す限り草原が広がっています」

見渡す限り草原っ!?

侯爵領にそんな素晴らしい場所があったなんて知らなかった。

魔物が出やすいから、お父様達は幼い私を近づけないようにしていたのかも知れないわね。

最悪どこかの農地を間借りしようと思ってたけど、誰も手を付けていない農地があるんなら、そこで存分にスキルを使えるじゃない。

見渡す限り草原だなんて……今すぐ耕したいっ！

半分は放牧用の草地として残しておいて、牛や羊を飼うのもいいわね。

水が引けるようなら水田も作りたいわ。

ああ妄想するだけで、農業衝動が溢れて体が疼《うず》く！

くっ、静まれ我が右腕よ……！

「何してるんですか？」

右手首を掴んでプルプルしてたら、ヴァンが冷ややかな眼でこちらを見つめてきた。

ノリが悪いね、ヴァンは。

そこは「我が『魔眼』で封印する！」でしょうが。

まぁ『魔眼』なんて持ってるのはグレイン殿下ぐらいだろうけどね。

さて、目的地も決まった事だし、

「では今日はそこへ行きます」

「はぁっ!?」

素っ頓狂な声を上げるヴァンの横をすり抜けて、私は部屋を出ようとした。

しかしヴァンに回り込まれてしまった。

ヴァンからは逃げられない。

「お待ちください。今日はライス様が兵士を連れて魔物討伐で北へ向かったので、護衛に付けられる者が殆どいません。外出はお控えください」

へぇ、お兄様は魔物討伐に行ったのか。

それで兵士が少ないのね。

でも北なら方角は一緒じゃん。

「私も北へ向かうのだから、丁度いいじゃないの。そもそも護衛にはヴァンが付くのでしょう？　誰も居ない荒野に行くのなんて、護衛は1人いれば十分じゃない？」

「魔物が出るって言いましたよね？　私1人では、お嬢様をお守りし切れるか分かりません」

「王都ではセヴァス1人で私を護衛してたわよ？」

「お祖父様のような一騎当千の化物と一緒にしないでください」

え？　お祖父様って言った？

ヴァンってセヴァスの孫なの？

つまりシルヴァの息子……あ、やっぱり幼い頃に遊んでもらったヴァンなのね。

でも昔のヴァンはもっと気さくで、細かい事に拘《こだわ》らない性格だったと思うんだけどなぁ。

なんかセヴァスやシルヴァに似て来ちゃってない？

ヴァンは入口の扉の前で仁王立ちして私を通さないつもりのようだ。

でも私には時間が無い。

お母様が来るまでにある程度スキルを鍛えておかないとだし。

それに広大な農地が私を待ってるわ。

行かないなどという選択肢は無いのよ！

「ではヴァン、私と勝負しましょう」

「……勝負？」

私の提案にヴァンが眉根を寄せる。

「私のスキルがいかに優れているかを証明出来ればいいんでしょ？　何かあっても私が自己防衛出来ればば、護衛はヴァン１人でも十分よね」

「本気で言ってますか？」

「もちろん」

ヴァンは私を子供扱いしているのか、妙に侮《あなど》っているように感じられる。

この世界ではスキルを得ただけで年功の序列など簡単にひっくり返るのだ。

私のスキルが何であるかを知ってるならともかく、年下だからと舐めてると痛い目見るって事を教えてあげないとね。

「では外へ行きましょう」

「都合良く外に出たいだけでは？」

うむ、その通りだ。

外に出てから、私達は領主邸の厩舎へと向かった。

馬の世話をしている人に馬を出せるか聞いてみると、丁度良くヴァンの馬が出せる状態との事。

体躯の白い綺麗な馬で、ヴァンとは心を通わせているのか凄く懐いている。

その馬を撫でながらヴァンが私を見下ろす。

「馬では、きっと勝負になりませんよ。私はそれなりに馬の扱いに長《た》けていますから」

「それは良かった。後で言い訳されても困るし」

私の言葉に若干カチンと来たようで、ヴァンの目付きが鋭くなる。

「じゃあヴァンは馬で走ってね。私はスキルで走るから」

「……意味が分かりません。『身体強化』で馬に勝てるおつもりですか？」

私の『身体強化』は足腰も強化出来るけど、そもそも農業用だから走るのには向かない。

いくら湿布を駆使して回復しながら走っても、馬に勝つのは不可能だろう。

しかしヴァンは忘れてるみたいだね。

私が一晩で王都から侯爵領まで来たという事を――。

私は素早く農家御用達のバイクを召喚して、ヘルメットを被り、エンジンに点火《イグニッション》する。

「なっ、何ですかそれはっ!?」

「搭乗型ゴーレムだよ。じゃあ先にお兄様の部隊に追いついた方が勝ちね」

「結局北に行こうとしてるんじゃないですかぁっ!!」

慌てて馬に跨《また》がるヴァンを尻目に、私はアクセルを全開にした。

☆☆☆☆☆☆☆☆☆

侯爵領北部へと進軍する侯爵家騎士団の中央付近で、銀髪の美男子は深く溜息をつく。

それを見た騎士団長は心配そうに声を掛けた。

「ライス様、この度の進軍に何か気掛かりな事でも？」

「ああ、いや。確かに魔物の被害が増えているのは気掛かりなんだけど、それとは別の問題が我が家で勃発していて」

「妹君ですか？」

「うん。突然１人で侯爵領まで来てしまうような突飛な事をする子じゃなかったのに。強力なスキルを得て舞い上がってるのかも知れないんだよ」

「それは、危ういですな……」

「８歳という心が安定しない時期にスキルを付与されてしまうから、多かれ少なかれ誰もが通る道だ。だからこそ貴族の親は厳しく律するのだけど、僕はどうにもアグリには甘く接してしまうからね。母様が来てくれるまで何事も起こらなければいいけど……」

ライスは、遠い眼をして空を見つめる。

「静止を振り切って侯爵邸を飛び出したと伺いましたが」

「そうなんだよ。セヴァスでさえ止められなかったぐらいだし、ヴァン1人で抑えられるかちょっと心配で」

「セヴァス様が止められないとは——それは魔王ですか？」

「見た目だけは天使なんだけどねぇ……堕天してない事を祈るよ」

面立ちは母親に似て可愛らしく、父親に似た美しい金色の髪と相まって、まさに天使のような令嬢。

そんな妹について話していると、ふいに急報を知らせる馬が後方から駆けて来た。

「ライス様っ！　後方から馬よりも速い速度で接近する魔力を索敵班が感知しました！」

呑気な会話から一転、場は騒然となる。

「数は？」

「単体のようですが、膨大な魔力を秘めていると思われます」

単体で膨大な魔力——ライスは嫌な予感がした。

昨日までの自分であれば、ライスもそれが魔物かも知れないと思った事だろう。

しかし、後方にとても心当たりがある人物が存在している今日。

一度考え出したら、そうとしか思えなくなってしまった。

「索敵班に遠見出来る者は居るかい？」

「はい」

「その者が見える範囲に入ったら、どんな姿か報告を。縦に伸びている隊列をこの場に集中するように組み替え、僕が先端で接敵する」

「き、危険ではっ!?」

「大丈夫、そうそう後れは取らないよ。というかそもそも杞憂《きゆう》に終わる気がするから」

ライスの言う事に困惑しながらも、伝令を走らせて隊列を組み替える。

程なくして、索敵班の遠見出来る者が声を上げげた。

「鉄の塊が土埃を上げながら尋常ならざる速度で駆けて来ます。軸は全くブレず……あれ？　ひ、人らしき影がその上部に跨がっているようです」

ライスはその言葉で、ほぼ確信してしまった。

こめかみから一筋の汗が流れる。

今日も残暑は厳しいが、その汗はとても冷たいものだった。

「魔法部隊に用意させますか？」

「いや、きっと必要無いよ」

肉眼で確認出来る距離にまでその鉄の塊が近づくと、それに跨がった人型のモノが手を振ってきた。

「あっ、お兄様～！」

☆☆☆☆☆☆☆☆☆

私が手を振ると、お兄様が馬上から降りて、そのましゃがみ込んでしまった。

まるで頭痛を堪えるようにこめかみを押さえている。

え？　どうしたの？　大丈夫かな？

それにしても、今私は右手をアクセルから離して手を振ったのに、速度が落ちずにそのまま進み続けたような気がした。

どうなってるの？

え？　スキルちゃんが自動運転しただけ？

ならいっか……。

どうやら私の召喚する農業機械はスキルが直接操作出来るらしい。

ドローンも私の意思に関係無く、勝手に操縦してたもんね。

いわばＡＩ搭載型農業機械だ。

ひょっとしたら『農業』スキルのレベルが上がれば、マルチタスクも出来るんじゃないだろうか？

そうこうしているうちに、お兄様達侯爵家騎士団がいる場所に辿り着いた。

速度が出すぎていて突っ込みそうだったので、車体を倒して後輪を滑らせ、ドリフトするように停車した。

砂埃が舞い上がり、なんかちょっと格好良く止まれたかも？　なんて思ってたら、砂埃が晴れた向こうから青筋を浮かべたお兄様が顔を覗かせた。

あら？　何か怒ってらっしゃる？

砂埃は被ってない筈だけど……。

「アグリ……だよね？」

「ええ、もちろんですわ」

あ、ゴーグルしてるから顔が分からなかったのね。

私はゴーグルを上げて目元を見せた。

お兄様は私の顔を確認すると、何故か大きく溜息をついた。

「アグリ、その鉄の塊は何？」

おっと、お兄様もやはり男の子。

自動二輪車に興味がおありですか。

「これは高速で走れるタイプの搭乗型ゴーレムです。王都から侯爵領まで1日掛からずに走破出来るのですよ」

私がドヤ顔で説明すると、お兄様の目が鋭くなる。

「なるほどね。それで護衛に付けた筈のヴァンを振り切ってここまで来たんだね」

「はい。馬の倍ぐらいの速度で走れますから」

後方を見ると、ヴァンの姿は全くと言っていい程見えなかった。

遥か遠方に胡麻粒みたいなのが見えるけど、きっとあれがヴァンだろう。

どうやら勝負は私の勝ちのようね。

異世界では速度制限なんて無いからスピード出し放題だし、どんなに速い馬でも自動二輪車に勝つなんて不可能なのだよ。

「アグリ、そのゴーレムで馬以上の速度を出す事を禁じます」

異世界なのに速度制限設《もう》けられたっ!?

「ええ～!?」

「ええ～!?　じゃないよ。そんな速度で走ったら危ないだろ。それに護衛を振り切っちゃったら、何の為の護衛か分からないし。絶対ダメだからね」

くっ……お兄様の耳に入りそうな所ではヒャッハー出来なくなってしまった。

無念……。

「それで、アグリは何をしにここまで来たの？　僕達はこれから魔物討伐に向かわなきゃいけないんだよ」

「もちろん存じております。お兄様の手を煩わせるような真似は致しません」

「今正に煩わされてるんだけど、どの口が言ってるの？」

私は北の方にあるという農地を耕しに行くだけなので、方角は一緒でも最終的な目的地が違う。

逆に同じ場所に行ったら私のスキルが露見してしまうかも知れないから、ちょっと困るし。

「じゃあ僕達は急がないとダメだからもう行くけど、危ない事はしちゃダメだよ」

「はい。もちろんです」

あれれ～？　お兄様、そのジト目は何ですか？

美男子がやると可愛いだけですよ。

その後、お兄様達は行軍を再開して北へ向かって行ってしまった。

暫く待っていると、漸くヴァンが追いついてくる。

ヴァンも馬も疲労困憊《ひろうこんぱい》だった。

「はぁ、はぁ……」

「ヴァン、私の勝ちでいいわよね？」

「……不本意ですが、仕方ありません」

だから『不本意』は声に出しちゃダメでしょって！

でもヴァンが負けを認めたという事は、憂い無く北の農地へ行く事が出来る……と思ったが、ヴァンがそれに待ったを掛けた。

「ちょ、ちょっと待ってください。少しだけ休憩を……」

「早く行かないと日が沈んじゃうよ？」

「どうせどこかで1泊する事になります。この先の街なら宿が取れるので、今日のところはそこを目指しましょう」

ヴァンを置いて1人で自動二輪車を走らせれば日帰りでも行けるのに。

いや、お兄様に速度制限されちゃったから、それも無理か……。

「しょうがない、じゃあその街で宿を取りましょう」

ヴァンと馬の回復を待って、私達は街道の先にある街へと向かった。

☆☆☆☆☆☆☆☆☆

街に入り、一番高級な宿の貴族が使うセキュリティ万全な部屋にアグリを押し込むと、ヴァンは隣にある従者用の部屋へ入って項垂れた。

疲れもあったが、それ以上にスキルを得たばかりの子供に負けてしまった事で打ち拉《ひし》がれていた。

そもそもアグリのスキルが『農業』であるからと侮っていたせいではあるが。

「何なんだ、あのスキルは？　搭乗型ゴーレム生成？　バカな……そんな事出来る筈無いのに」

『魔眼』で視たアグリのスキルは間違い無く『農業』だった。

『農業』スキルは作物の生長を促《うなが》したり、開墾を効率良く出来る程度の能力しか無かった筈だが、実際目の前で馬より速く走るゴーレムを出してみせたのだ。

魔導具の中にはスキルに匹敵する強力な物もあると言うが、明らかにアグリは何も持たない丸腰であった。

侯爵令嬢アグリ・カルティアは王族に次ぐ魔力を持つ。

しかし魔力量だけで、スキルの持つ特性を無視した能力は発揮出来ないだろう。

だとしたら、スキルの中の隠し特性のようなものを見つけたという事なのか？

ヴァンは思考の渦の中で、その可能性に至る。

自身のスキル『魔眼』――初めの頃は相手の動きを見切る程度にしか使えないと思っていた。使って行くうちに、次第に相手の情報を、スキルや直近の未来の動きに至るまで読み取れるようになっていった。

スキルは成長する。

だが『魔眼』は今のところ、あくまでもスキルの範疇を超えた事は出来ていない。

視たものの情報を得る事と、視た相手の動きを一瞬だけ封じる程度。

しかしアグリのスキルはその範疇を完全に超えている。

スキルというものに、もしその先があるのだとしたら、自身の『魔眼』のスキルもまだ成長する可能性があるのかも知れない。

「侮っていた事は素直に認めるとしよう。そして、俺の成長の糧にする為にも、必ずその秘密を見極める」

渋々ながら付いた護衛であったが、今は少しワクワクしていた。

ヴァンは高揚感から体が火照り、今日は眠れそうに無いと窓の外の星空を眺めた。

しかし翌朝、まだろくに日も昇らないうちにドアがけたたましく叩かれ、早く寝なかった事を後悔する事になる。

「ヴァン～、買い物行くよ～！」

☆☆☆☆☆☆☆☆☆☆

街の中央では朝早くから市が開かれ、野菜や魚等があちこちで売られていた。

私がキョロキョロと物色しながら歩くと、ノソノソと後ろをヴァンが付いて来る。

昨日は早朝でも平然としてたのに、今日のヴァンはとても眠そうだ。

逆に私は『農業』スキルの影響か、日が昇ると共に早朝から目が覚めてしまっていた。

なので、せっかくだから朝市で野菜の種でも買えないかなと思って外出したのだ。

護衛を連れて行かないとまたお兄様に叱られちゃうだろうから、ヴァンを起こして無理矢理連れてきたんだけど、お陰でめっちゃ機嫌悪そう……。

何か眠そうな目で、じっと私の事睨んでるんだよね。


まぁそんなヴァンはさておき、朝市はとても賑わっていた。

朝早くから人通りは激しく、街の中心部の開けた場所には所狭しと露店が並ぶ。

地面に布を敷いて売り物を並べているだけの人や、移動型の屋台のようなものまで様々だ。

私はそれらの露店の中から目当ての店を探す。

「あ、あった。ヴァン、あそこに行くよ」

「ちょっ、待ってください……」

私が見つけた店は、少し年配のおばちゃんが天幕を張っている所だった。

「っ⁉　い、いらっしゃい……」

何か私を見た瞬間、一瞬動きが止まったように見えたけど気のせいかな？

今日の私の服装はメイドのナナが用意してくれた古着なので、貴族だと思われて萎縮される事も無い筈なんだけど……。

昨日は寝間着も無かったからそのまま寝ちゃったし、ちょっとシワが寄ってた？

まぁ何も言って来ないし、気にしなくていいか。


さて、色々な種が置いてあるけど、大人買いならぬ貴族買いしてもいいものだろうか？

いや、さすがに農家の皆さんが困るような事をするのは、貴族の矜持に反するわね。

一線を踏み越えれば、私はもう貴族として立つ事は出来ない。

でも、広大な農地（荒野）が私を待っているし……。

買っても迷惑にならないギリギリのラインまで購入する事にしよっと。

「ええと、秋に植えて冬までに収穫出来る野菜の種はどれかしら？」

「……お嬢様、野菜の種を買ってどうするの？」

おばちゃんが不思議そうに聞いてくる。

植える以外に何があると言うんだろう？

食べられる種もあると思うけど、ここにある種は殆ど蒔《ま》く用だよね。

どうしてそんな事を聞くのかな？

「もちろん、蒔きますけど？」

「……家庭菜園か何かかい？」

「いいえ、ちょっと広めの農地に植える予定です」

「農地……？　この辺で貴族直轄の農地なんて聞いた事無いけど……」

おばちゃんは何やらボソボソと呟き始めた。

私何かやっちゃいました？

「この辺で植えれるとしたら、ダイコンとハクサイだね。でも比較的育てやすいダイコンでも、初心者には難しいと思うよ。後で文句言って来ないでね」

「もちろん、そのような事は致しません」

そうか、明らかに子供である私が野菜の種なんて買おうとしてるから不審に思ったんだね。

でも私のスキルの事を言う訳にもいかないから、余計な会話をせずに購入しちゃった方がいいだろう。

私はお金を払って、ダイコンとハクサイの種を購入した。

「あれって侯爵家のアグリお嬢様だよね？　何で貴族のお嬢様が野菜の種なんて買って行ったのかしら？」

後ろでおばちゃんが何か言ってた気がするけど、ちゃんと育てるから心配しないでね。

野菜の種を手に入れてホクホク顔の私に、ヴァンが眠そうな声で話しかけてくる。

「お嬢様、野菜の種なんて買ってどうするつもりなんですか？」

ヴァン、お前もか。

「蒔く以外に何をすると思ってるの？」

「食うとか……？」

「そんな訳無いでしょ」

種を食べる植物もあるけど、多くは育ててから食べるでしょうに。

それが農業というものだよ。

まぁ私のスキルが『農業』である事は言えないんだけどね。

「なんだ……種食ったらスキルが強化される訳じゃないのか」

ヴァンがボソリと呟いた。

種を食べてスキル強化とか、どこのラノベよ。

そんな事でスキルが強化されたら苦労しないわ。

ヴァンって発想が厨二っぽいのね。

お兄様と同い年だった筈だから、もう10代後半だろうに……。

私が生温かい目でヴァンを見ると、ジロリと睨み返されてしまった。

お兄様、護衛チェンジでお願いします！

その後もいくつか露店を見て回ったけど、野菜の種は同じようなものしか無かったので買い物は早々に終了する事となった。

季節や土地の関係上、同じ街では同じような種しか手に入らないっぽい。

そりゃそうよね。

前世の世界のように交通網も発達してないし、気候を無視して育てられる環境も無いだろうから、似たようなものしか仕入れないいんだろう。

残念に思いながら朝市を後にする。


少し歩いたところで、早朝にも拘わらず何やら騒がしい建物がある事に気付いた。

「ヴァン、あれって何かしら？」

「あぁ、あれは冒険者ギルドですね」

おお、あれが冒険者ギルドかぁ。

この世界には冒険者ギルドがあって、冒険者と呼ばれる人達がいる事を知識としては知っていた。

でも私が関わる事は殆ど無かったので、ついぞ見る機会に恵まれなかったのだ。

普通の貴族令嬢であれば護衛として雇う事もあるらしいけど、うちはセヴァスがいるし、お父様とお母様も超強いから侯爵家の私兵が護衛に付くだけで十分なんだよね。

冒険者ギルドは、前世のラノベにあったような厳つい人が沢山集まってる場所のようだった。

周囲の建物よりも大きい二階建てで、一階入口のスイングドアがいかにもって感じ。

私が足を踏み入れたら絶対絡まれそうだし、近寄らんどこっと。

と思ったのに、ヴァンが、

「あ、そういえば北の荒野の魔物情報を聞こうと思ってたんでした」

ちょっとヴァン、まさか冒険者ギルドに行くつもり？

私が冒険者に絡まれたらどうするのよ？

もし絡まれたりしたら危険なのよ――冒険者達が。

私のスキルはまだ手加減が出来ないんだから、冒険者ギルドが消し飛ぶわ。

それに無駄な時間を使いたくないし。

「却下です。１泊して時間を無駄にしてるんだから、今すぐ北へ向かいますよ」

「えっ!?　でも、魔物の情報が……」

「魔物が出たら私のスキルで逃げればいいだけでしょ」

お母様が侯爵領に来るまでにスキルを強化する必要があるから、早く北の農地に行かないと。

種食べたぐらいで強化出来るんならいくらでも食べるけど、私のレベルアップには『農業』をする事が必要なのよ。

渋々冒険者ギルドへ入るのを諦めたヴァンを連れて、一旦宿に戻る。

「馬は宿に預けて行きましょう」

「はぁっ!?」

「ヴァンの馬は昨日の疾走で疲れているでしょ」

「誰のせいですか……」

「だからこれ以上酷使しないように、ヴァンには私の搭乗型ゴーレムに乗ってもらいます」

あ、ヴァンがめっちゃ嫌そうな顔した。

「確かに後ろに少しだけ座れそうなスペースはありましたけど、あんな不安定な場所に座ってあの速度を出されるのはちょっと……」

「その点は心配無いよ」

胡乱《うろん》げに私を見るヴァンを無理矢理引き摺って、街の外まで移動した。

そして私は高らかに唱える。

「『召喚』っ!!」

「……な、何ですかこれはっ!?」

そこに顕現したのは、白く煌めくボディに4つのパワフルなタイヤを装備した新たな搭乗型ゴーレム。

後部には牧草やら農作業用器具を搭載出来る荷台も付いている。

そう、前世の世界で農家御用達だった四輪駆動車『軽トラ』である。

私はドアを開けて運転席に乗り込んだ。

8歳の体格では前方が見えないかと思ったが、そこはさすが私のスキルちゃん。

ちゃんと前方が見える高さになってるし、アクセルやブレーキにも足が届くよう、サイズ調整が為《な》されていた。

助手席との段差が凄い事になってるけど……。

「さぁ、ヴァンも乗って」

「搭乗者の魔力を吸い取るような事はありませんよね？」

何の確認よ？

そんな機能、私の魔力負担が減るから是非導入したいわ。

後でスキルちゃんに実装してもらおう。


嫌そうな顔のヴァンが渋々搭乗したところで、シートベルトを締めさせる。

「昨日のゴーレムはお兄様に速度制限を設けられてしまったから、今日はこのゴーレムでかっ飛ばします」

これは自動二輪車じゃないから速度制限無いもんねー。

「それ、屁理屈ですよね？　絶対ライス様に後で怒られるやつですよ」

私は何も聞かなかった事にして、ギアを1速に入れ軽トラを発進させた。

☆☆☆☆☆☆☆☆☆☆

カルティア侯爵領の北部にある街ラディッシュ。

その街の冒険者ギルドのギルドマスターであるゴインは、二日酔いで痛む頭を押さえて唸っていた。

「おい、ネリ……何でこんな朝っぱらから俺を呼び出してくれてんだよ？」

ネリと呼ばれた女性はクイッと眼鏡を指先だけで持ち上げると、冷ややかな眼でゴインに状況を伝える。

「それだけ緊急の用件だという事です。ゴブリンの集落が発見されました」

「なっ、何だとぉっ!?　ぐあっ!!」

思わず上げた大声のせいで、二日酔いの痛みが脳を締め付けた。

ゴインが呻《うめ》き声を上げながらも崩れ落ちなかったのは、冒険者を引退してもなお隆々とした筋肉に覆われているからだろう。

そしてギルドマスターという冒険者ギルドを預かる者としての矜持もあったのかも知れない。

「そんな状態で矜持を発揮するぐらいなら、連日酩酊するまで酒を飲まなければいいのに」とは、副ギルドマスターであるネリの談である。

「ど、どこだそれは？　侯爵家騎士団に依頼した、例の魔物が増加している場所か？」

苦痛に耐えながらも、詳細な情報をとネリに促す。

「……いいえ。それなら態々《わざわざ》ギルマスをお呼びしません。北方向ではあるのですが、そちらからは離れた場所の荒野の奥です」

ネリが地図をテーブルに広げて場所を指し示す。

「恐らく荒野方面にゴブリンの集落が出来た事により魔物が移動し、こちらの人が住む地域で魔物が増加したのだと思われます」

「ちっ、それじゃあ魔物暴走《スタンピード》の徴候だと思ってたのは見当違いだったたって事かよ」

「放っておけばやはりそちらも暴走の危険性はあります。しかし、今最もその徴候があるのは元凶となっているゴブリンの集落の方です」

「魔物が大量に移動する程って事は、集落はかなりの規模なのか?」

「はい。外から見ただけでも2000匹を超える規模だったと……」

「おい、それって確実に……」

「ええ、ゴブリンキングが誕生してるでしょうね」

「マジかよっ……ぐっ!?」

驚愕と二日酔いの板挟みで、ゴインの髪の無い頭部には大量の汗が滲み出ていた。

窓から入る朝日が反射して黒光りしたシャンデリアになったゴインの頭を、ネリはそっとタオルで拭いた。

「それで急ぎ騎士団の方に連絡係を送りました。ただ、昨日騎士団はこの街に滞在せずに素通りしたので、追いつくにはかなりの時間がかかると思われます」

「そうか……。ん? おい待て。既に連絡係を送ったのなら、何で俺を呼び出す必要があった?」

ゴインの頭を拭いていたネリの手が止まり、ついっと視線を外す。

「ギルマスには別の仕事をお願いしたいからです。騎士団が到着するまで、荒野のゴブリンキングを抑えておいて欲しいのです」

「この二日酔いの状況を見て頼むとか、お前は鬼《オーガ》か？　それにゴブリンキングは俺1人じゃ抑えきれねぇよ。さすがに命は惜しいんだが」

「市民を守る為ならギルマスの命など安いものです」

「アホかぁっ!!　勝手に俺の命を安売りするんじゃねぇっ!!」

「まぁそれは冗談ですが……」

ネリは顎に手をあて、小首を傾げて暫し考える。

「1人で抑えきれないなら、誰かを付ければいいんですよね？」

「ゴブリンキングと闘える奴なんて、そうは居ねぇぞ」

「今この街にヴァンが来ているらしいですから、彼に頼みましょう」

「ヴァン？　おお、セヴァス爺さんの孫か！　確かに、あいつが居れば何とかなる。じゃあネリ、後は街の人間に荒野の方へ近づかないよう徹底してくれ」

「承知しました」

その後、ヴァンが既に街から出たという情報を聞き、ギルマスは崩れ落ちた。

☆☆☆☆☆☆☆☆☆

北へ進むごとに道は荒れてきたけど、さすが私のスキルちゃんが生み出した軽トラ。

サスペンションの効きがとても良く、まるで舗装された道路を走っているが如くだった。

エアコンが効いてるので、車内は外の残暑も感じ無い快適空間。

最初はあまりのスピードに怯《おび》えていたヴァンも、今では揺れが心地よかったみたいで、寝不足からか助手席で寝息を立てている。

ヴァンが寝ちゃったお陰で、私はヒャッハーしたいが声を抑えざるを得なかった。

「むにゃ……俺の『魔眼』はまだ進化する……」

ヴァンってば、寝言が完全に厨二なんですけど……。

私が右手を押さえてプルプルしてた時は無反応だったのに、まさかの魔眼系厨二だったとはね。

どうもノリが悪いと思ったら、右手が疼く系とは相容れない思想だったのか。

それにしても『魔眼』に憧れてるって、殿下のスキルを知ったら、きっと羨ましがるんだろうなぁ。

まぁ王族のスキルを勝手に話したら罰せられると思うから、言わないけど。

「むにゃ……やった、遂に進化して邪麟眼《じゃりんがん》に……」

これ誰かに知られたら絶対もだえ苦しむやつだ。

しょうがないから、他の人には黙っといてあげよう……。

ヴァンの寝言をＢＧＭにして軽トラを走らせ、私達はようやく目的地に辿り着いた。

見渡す限りに荒れ地が続き、遠くに集落らしき場所があって人影が見える。

ヴァンは車から降りるなり警戒しているけど、人が住んでるって事は魔物もそんなに出ないんじゃない？


それにしても、確かにこれは荒野だわ。

草木が乱雑に生えており、所々岩が埋まってたり、泥濘《ぬかる》んだ沼のようになってたり。

でも草が生えてるって事は土に栄養が残ってるって事だし、もしダメなら山から腐葉土を持ってくればいいだけだ。

大きい石やら、太めの木さえ何とかすればいけそうな気がする。

さて、広さだけは十分過ぎる程ある土地だ。

私の右腕が疼き過ぎてもう封印が解けそうだよ。

「『召喚』っ！」

私はもう我慢出来なかったので、鍬《くわ》を召喚して地面に突き立てた。

ザクッという甘美な音が周囲に響き渡り、土を抉った感触が手に伝わる。

「なかなかいい土してるじゃない」

ザクザクと地面を耕しながら、耕作面積を拡大していく。

石を取り除き、木は『身体強化』で根っこから引き抜いていった。

徐々に気温が高くなるが、それ以上に農作業が楽しくて気にならない。

夢中になって耕し続けていると、いつの間にか日がかなりの高さまで昇っていた。

そこでふと気付く。

「あ、お昼持ってくるの忘れた……」

「自分も何も持って来てませんよ……？」

1食抜くぐらい普段なら平気だけど、肉体労働するにはちょっとキツいかも知れない。

さすがのスキルちゃんでも、食事までは用意出来ないよね？

え？　出来る？　なんかスキルちゃんムキになってない？

あ、勝手に何かが召喚された。

そこには輝く白米に海苔を巻いたまん丸特大おにぎりが2つ、弁当箱に入って置かれていた。

マジか……。

私はふと、前世でお祖父ちゃんが畦道《あぜみち》に腰掛けておにぎり食べてたのを思い出した。

農作業とおにぎり……う～ん、関連性はギリギリあるのかな？

ある事にしとこう。

「はい、ヴァンの分」

私がおにぎりを差し出すと、ヴァンは胡乱げな眼で白米を見つめた。

「何ですかこれ……どこから出したんですか？」

「私のスキルで出したんだよ」

正確には私のスキルが出したんだけどね。

訝しんでるヴァンが食べれるように、私が先におにぎりを口に運ぶ。

うん、美味しい。

銀シャリの甘さと海苔の少し塩っぱい感じが口の中で溶け合って、絶妙な旨味を引き出していた。

ヴァンは、美味しそうに食べる私と自分が手に持つおにぎりを交互に見つめる。

「く、食えるんですか、これ……？」

「今私が食べてるでしょ。毒は入ってないから大丈夫だよ」

空腹が勝ったのか、意を決したようにヴァンもおにぎりにかぶりついた。

食べた瞬間、目を見開くヴァン。

「う、美味い……。今まで食った米を遙かに凌ぐほど……」

満足したようで良かったよ。

ちなみにこの世界には普通に米がある。

ここ侯爵領では、小麦よりも米の方が生産量が多いぐらいだ。

だからヴァンも普通に米を食べた事があるし、私の主食も米が主体だ。

あとは味噌があれば最高なんだけど、残念ながらそれはまだ出回っていない。

麹《こうじ》なんて、『農業』スキルではどうにもならないよねぇ……。

さて、休憩も終えて改めて耕した範囲を見たけど、いくら身体強化したところで鍬だけでは大した面積にならないね。

石や木を退かしながらやってるから、尚のこと時間がかかる。

でもある程度邪魔になるものを取り除かないと、アレが使えないからなぁ……。

おや？　でもスキルちゃんが大丈夫って言ってる気がする。

壊れないかちょっと心配だけど、じゃあスキルちゃんを信じてやってみようか。

「『召喚』っ！」

今回のは大きめなので、私の魔力をけっこう持って行かれてしまった。

だがそれだけの価値がある。

前世でもかなり高額であり、しかしながら農家にとっては無くてはならない農作業用機械。

洗練された赤いフォルムのボディー。

水田も進める巨大なタイヤ。

後部はオプションで色々な機器を付け替え出来るが、そこには土を耕すロータリーが装備されていた。

これ無しでは前世の農業の発展は無かったと言っても過言では無い、農家の主力機『トラクター』だっ!!

「な、何だこの赤いゴーレムは……？」

ヴァンがトラクターを見て驚愕の表情を浮かべていた。

軽トラよりも一回り大きいし、後ろにはゴツい爪のようなものが多数付いてるから、畏怖してしまうのも無理は無い。

「ふふふ。ヴァン、これはまだ未完成なのですよ」

「えっ!? ど、どういう事ですか?」

「私が搭乗してこそ、この『トラクター』は真の姿となるのです」

「と、とらくたぁ……?」

私はサイドの全面がガラスになっている扉を開けて乗り込んだ。

真っ赤なボディのトラクターに、幼い少女である私が乗る事で、そのトラクターは完全体となる。

これこそが、

「萌える女の赤いトラクター!!」

「……全く意味が分かりません」

うん、異世界じゃ通じないって知ってたよ……。

前世の世界でも、昔のCMを動画サイトとかで見た事ある人じゃないと、知らないと思うし。


閑話休題。

このトラクターがあれば、一気に開墾を進める事が出来る!

私はトラクターに魔力を込めた。

「点火《イグニッション》っ!!」

この時、トラクターを召喚した事により、私の中でとんでもない事が起きていた。


ロータリーが回転し、土を掘り返す音が響く。

途中大きめの石などもあったりするが、容赦無くロータリーの爪が砕き散らして行った。

前世のトラクターなら、爪が折れてお祖父ちゃんに怒られるとこだよ。

およそ農機具に用いられる金属とは思えない、さぞかし高名な金属で作られてるんでしょうね。

召喚されたトラクターぱねぇっす！

しかし、石ぐらいなら後部のロータリーに任せてもいいけど、木はどうしようか？

と思ってたら、自動的にトラクター前部のアタッチメント、フロントローダと呼ばれる上下動するアームが召喚された。

先端には除雪車に付いてるような巨大バケットが装着されていて、それで木々を薙ぎ倒していく。

普通そんな使い方したらアームが折れちゃうと思うんだけど、このトラクター頑丈だわ。

深く根を張っていた木も関係無く引き抜いていった。

荒野だった一帯は徐々に開墾されて、視界も広くなってきた。

「『身体強化』を使って鍬で耕してくより、3倍は効率アップしてるね。さすが赤いだけある」

自分の手で耕す訳ではないのが少々物足りないが、機械が刻むビートとロータリーが土を抉る感触は伝わってくるので、とても心地よい。

スピード感は無いけど、これはこれでヒャッハー出来るわね。

運転席から外で立ってるヴァンの方を見ると、何故か遠い目をしていた。
道中軽トラで寝てたのに、まだ眠いのかな?
それとも邪麟眼《じゃりんがん》になった自分を夢想しているの?
そろそろ覚醒して覇王炎滅邪麟眼《はおうえんめつじゃりんがん》とかになってるかも。

それにしてもやはりトラクターのフォルムは素晴らしいの一言に尽きる。
前世でお祖父ちゃんが入れ込んでたのも分かるよ。
重厚な車体でありながらも、スポーツカーを思わせるボディラインがとても美しいし。
それでいて繊細な運転技術が必要とされる。
もはや農業とはカースポーツであると言っても過言では無いわね。
いつか農業スポーツの大会を開こうかな。
『それは楽しそうですね』
ん? 今誰か、何か言った?
ヴァンは遠くで黄昏《たそが》れてるし、空耳かな?
『空耳ではありません。私が発言しました』
「うひゃっ!?」
な、何今の!?

直接頭の中に何かの声が響いた！

だ、誰が話しかけてきてるの!?

『私はご主人様《マスター》の〝農業スキル〟です』

「しゃ……シャベッタアアアアアッ!?」

えっ？　スキルちゃんなの？

今までも何となく私にメッセージを伝えて来てたのは感じてたけど、まさか人語を介するなんて。

恐ろしい子……。

『ご主人様《マスター》がトラクターで荒れ地を耕した事により、経験値が一定に達したのでスキルがレベルアップしました。その恩恵で、私の意思疎通能力が向上して話せるようになったのです。あと、ネタが古いです』

な、なんだってぇっ!?

スキルがレベルアップするとそんな特典があろうとは……。

あと、ネタが古いって言うな。

『それと、自分で自分の事を萌えって言っちゃうのも痛いです』

それこそネタで言っただけでしょ！

でも、まさかスキルちゃんと話せる日が来ようとは……。

私の前世ネタを分かってくれるというのは、ちょっと嬉しいかも知れない。

聞いた事無いけど、他の人達も自分のスキルと話したりしてるのかな？

「鎮まれ我がスキルよ！」みたいに……ヴァンはよくやってそう。

『しかし、このタイミングで意思疎通出来るようになったのは僥倖《ぎょうこう》でした。あちらをご覧ください』

急に真剣なトーンになったスキルちゃんに促されたので、私は前方に視線を集中する。

1列ずつ往復で耕していたのだが、今進んでいる方向の先には、ここに来た時に確認した集落が見えている。

その集落から、子供のような小さな影が複数こちらに向かって走って来ているのが見えた。

あぁ、子供って大きい機械とか赤いのとか好きだもんね。

無邪気に駆け寄ってくるけど、農作業用機械は死角も多いから不用意に近づくと危ないんだぞ。

でも大きい機械がガチャガチャ言ってるのが楽しいって気持ちは分かる。

「これが幼さか……」

『ネタぶっ込んでないで、よく見てください』

スキルちゃんに怒られたので眼を凝らして見てみると、子供達の姿に違和感があることに気付いた。

全身が緑色で、耳も尖ってて牙も生えてる。

あれってもしかして……？

『ゴブリンです』

うわぁ、子供じゃなくて身長が低いだけか。

荒野に出る魔物ってゴブリンだったのね……。

多くのファンタジーで定番中の定番である魔物。

繁殖力が高く、個々の力は弱くとも、数が増えると危険だと言われている。

向こうの集落の方から来たように見えたけど、あそこはゴブリンに襲われたんだろうか？


ゴブリン達がこちらに近づいてくると、徐々にその姿と数がはっきりしてくる。

推定１００匹近いゴブリンが群れを成して、こちらに向かって駆けてきていた。

どうやらヴァンもそれを視認したようで、大声で叫びながらトラクターに近づいてくる。

「お嬢様っ！　そこから降りないでくださいよ！」

ヴァンが初めて護衛らしく、私を守る為にゴブリンに立ち向かって行った。


飛び出したヴァンに複数のゴブリンが群がっていく。

咄嗟にヴァンは、視線を向けた先のゴブリン達に何かをして、一瞬だけ動きを止めさせた。

それを逃さず両手に握った剣で切り裂いていく。

今、何やったの？

『魔眼』っぽい技使ったように見えたけど、スキルかな？

いや、あれは見えてる方向に魔力当てただけのような気がする。

こんな状況でも魔眼ごっことは……ヴァンってば、余裕あるね。

それにしてもヴァンは敵の攻撃を避けるのが上手い。

敵の動きを先読みして、攻撃を避けながらカウンターで斬りつけるから、ゴブリンが自ら刃に吸い込まれていくように見える。

思ってたより強いなぁ……お兄様が私の護衛に付けるだけあるかも。


「ゲギャギャッ!!」

迂回してヴァンの横を抜けたゴブリンが、私の方にも数匹飛びかかってきた。

「汚い手で私のトラクターに触れないでくれるかしら?」

私はトラクターに触れられる前に、ゴブリン達に向けて強めに魔力を放った。

それを受けたゴブリン達は衝撃で吹き飛び、地面に激突すると白目をむいて動かなくなった。

それを見た、ヴァンも一瞬動きを止める。

こらこら、戦闘中なんだから危ないでしょうが。

ヴァンを後ろから襲おうとしているゴブリンにも、強めの魔力を当てて気絶させた。

ちょっとヴァン、物言いたげな顔してないでちゃんと闘いなさいよ。

私の魔力当てはお母様直伝の絶技で、スキルに関係無く敵を無力化出来る技だ。

護身術ってお母様は言ってたけど、私は魔力量が多いし、ゴブリン程度なら一掃出来てしまうのである。

原理は言うだけなら簡単。

指先ぐらいの小規模範囲に魔力を圧縮して、それを相手の心臓、魔物の場合は核《コア》に当ててるだけだから。

但し、魔力を圧縮出来る程の魔力操作は、殆ど職人芸の域である。

しかもそれが出来たからと言って強くなれる訳でもないし、スキルが強力なだけで強者弱者が塗り替えられてしまうので、普通の貴族はその修練に時間を費やしたりしない。

そのため、出来る人はかなり限られるとお母様が言ってた。

更にそれを相手の心臓に最適な角度で的確に当てるというのが難しい。

かなり緻密な魔力操作でやらないと、ただ相手を威圧するだけで終わってしまうのだ。

まぁ、セヴァスは魔力を使わずに、拳を回転させて心臓付近を殴るだけでやってのけてたけどね……。

ヴァンも相手の動きを一瞬止められるみたいだけど、あれは無理矢理魔力の圧で押し止めてるだけだと思う。

魔力当ての真髄は、相手に『自分の時を止められた』と感じさせる事である。

もっとも、お母様以外でそこまでの芸当が出来るのは私とお兄様ぐらいだけど……。

ちなみに先程のゴブリン達に行った魔力当ては、加減無しで魔物の核《コア》に直撃させて意識を刈り取っただけ。

トラクターに触ろうとしてたから、つい力が入っちゃったよ。

「マジで護衛要らないのかよ……」

だからそう言ったでしょ、ヴァン。

まぁ強力なスキルを持ってる敵が来たら、さすがに魔力当てだけでは勝てないと思うけど。

『私が居るので大丈夫ですよ』

そうだね。

スキルちゃんの力があれば、もはや怖いものなど無いよ。

いや、お母様だけは怖いかも。

いやいや、最近はお兄様もお母様に似てきたから、若干怖い。

物理では抗えないものも、世の中にはあるって事だね……。


ヴァンは殆どのゴブリンを倒したが、数匹だけ手強いのがいるようで仕留めきれないでいた。

他のゴブリンよりも一回り大きく、武器を持って防具まで装備している。

恐らく上位種という奴だろう。

かなり苦戦しているようなので、私が魔力当てで倒してしまおうかと思ったが、その前にスキルちゃんが動いた。

『〝囲い罠〟っ！』

ヴァンが体勢を立て直す為に後退した瞬間、ゴブリン達との間に距離が出来た。

その一瞬のタイミングで、ゴブリン達を囲うように金網フェンスが顕現して、設置された。

害獣駆除に使う『囲い罠』である。

前世では多数の鹿なんかを一度に閉じ込めて捕獲するのに使われていた。

天井まで完全に金網で塞がれており、出口は無い。

囲い罠の中に閉じ込められたゴブリン達がギャーギャーと騒いで金網を破ろうと武器を振り回すが、寧ろ武器の方が欠けてしまっているようだった。

「な、何だこれ……一瞬でゴブリンを捕らえた？」

ヴァンが驚いてるね。

私も驚いてるよ。

だって今、私の意思に関係なくスキルちゃんが勝手に『召喚』発動してたし……。

そういえば、おにぎりの時も自動的に召喚されてたわ。

スキルってそういうもんだっけ？

パッシブなの？　パッシブスキルちゃんなの？

『申し訳ありませんご主人様《マスター》。これで終わりでは無いので、ご主人様《マスター》の魔力を温存するために囲い罠を使いました』

なるほど、それならしょうがない……のか？

うーん、会話出来るだけじゃなくて、勝手にスキル発動まで出来ちゃうとか、マジで恐ろしい子……。

『古いネタ言ってる場合ではありません。来ます』

何が？　と思って前方を確認すると、先程の10倍以上のゴブリンの群れが向こうの集落から現れるのが見えた。

集落から出てくる多数のゴブリンを見て、私は絶望を覚えた。

あれだけのゴブリンに襲われたのだとしたら、あの村はもう……。

『ご主人様《マスター》、あそこは最初からゴブリンの集落だったと思いますよ』

あ、何だ、そうなのね。

人間の集落をゴブリンが蹂躙《じゅうりん》したのかと思ったけど、そんな酷い目に遭ってる人なんていなかったんだ。

良かった良かった……じゃないよ！　こっちにゴブリン迫って来てるし！


先程のゴブリン達とは違って駆けて来る様子は無いが、隊列を組み軍隊のように統制された動きで行進していて、逆にそれが不気味だった。

ゴブリンは知能が低く、殆ど本能だけで動いているようなものの筈。

それをあれだけキチンと統制出来てるという事は、上位種の中でもかなりの知性を持ってる個体が居るという事になる。

数だけでも厄介なのに、そんな奴も居るとなると……。

「お嬢様っ!!」

ヴァンが青ざめた顔でトラクターの脇へ来て、こちらに呼びかけていた。

「あれはダメです！　逃げますよ！　あの白いゴーレム出してくださいっ！」

馬が無いから逃げるとしたら、私の軽トラしか無いよね。

私はトラクターを帰還させて、大地に降り立つ。

そしてそのまま、こちらに向かって迫り来るゴブリンの群れを見据えた。

「それは出来ません。私はあのゴブリン達を食い止めます」

「はあっ!?　な、何を言ってるんですかっ！　さっきのゴブリンの集団とは違うんです！　ゴブリンキングが居るのが見えたんですよっ！　あの数だけでも厄介なのに、キングは俺1人じゃ勝てません！　お願いですから逃げましょう!!」

ゴブリンキング──名前からして強そうだが、それがどれぐらい強いのかはよく分からない。

ゴブリンの軍団の中に1匹だけ飛び抜けて大きい奴がいるけど、あれがそうかな？

きっと、あいつがあのおびただしい数のゴブリンを統制してるんだろうね。

逆に軍隊のようなものは頭さえ叩けば瓦解するんだから、分かりやすくていいじゃない。

群体になってる場合は全部潰さないとだけど……。

「ヴァン、逃げる事は可能ですが、私のゴーレムが通った後は車輪が痕跡を残してしまいます。それを辿ってゴブリンを人里に呼び寄せてしまっては、守るべき民を私自身が危険に晒してしまう事になるでしょう。貴族としての矜持がそれを許しません」

「あーもう、何であんたら兄妹はそうなんですか！　矜持強すぎるし、頑固だしっ!!」

「それに折角耕した土地をみすみすゴブリンに踏み荒らされてはかないません。ここは私の農地なのだから」

侯爵領であり、更に侯爵令嬢である私が耕したのだから、もうここは私の土地と言っても過言では無いわよね。

『過言です』

スキルちゃんが厳しい！

いいじゃないのよ、どうせ荒野だったんだから私個人の所有地にしたって。

開墾したのは私なんだしさ。


と、それはさておき。

私は『召喚』で農家御用達自動二輪車を呼び出した。

「ヴァンはそれに乗って逃げてください。まだ私の魔力が残ってる筈なので街まで行けるでしょうから」

「……俺だけ逃げるなんて出来る訳ないでしょう。自分より幼い女の子に逃がしてもらったなんて、お祖父様にぶっ殺されますよ」

おや、意外と格好いい事言うじゃない。

ただの魔眼系厨二では無かったか。

いや厨二だからこその矜持なのかも知れない。

「なんかめちゃくちゃ失礼な事考えてませんか?」

「気のせいですわ」


そんなどうでもいいやり取りをしている間に、ゴブリン達はすぐ近くまで来てしまっていた。

身の丈5m程もあろうかという巨大なゴブリンが、ジロリとこちらを睨む。

「ゲギャ? こんな小娘と小僧に先遣隊がやられたのか? 好きに闘っていいと言ったが、戦略ぐらいは授けるべきだったか」

人語を介する魔物――それだけで脅威度はグンと跳ね上がる。

こちらの言ってる事が理解されてしまうので、作戦や指示を口頭でする訳には行かなくなり、獣を狩る時とは違う人対人のような難しい闘いを強いられる事になる。

しかも、人よりも遙かに身体能力の高い者が敵となるので、それがいかに容易くない事か。

幸いにも相手はこちらを「小娘と小僧」と呼んで侮ってくれている。

人間社会に於いて、スキルを得た時点でそれはもう侮ってはならない存在になるというのに。

スキルというものを甘く見てくれているのは、かなりこちらに優位に働くわ。

「ギャギャ……こんな檻で閉じ込めたつもりかぁ?」

ゴブリンキングは、数匹の上位種ゴブリンを閉じ込めていた囲い罠に手を掛けた。

そして、力任せで無造作に金網を引き千切ってしまった。

なるほど、とんでもないパワーね。

「ゲギャギャギャ！　今からお前らをこんな風に引き千切ってやるからな！」

高笑いを上げるゴブリンキング。

しかし私の頭には、もうそんな言葉など全く入って来なかった。

囲い罠に捕らわれていたゴブリン達が、ゴブリンキングの力任せの金網粉砕に驚いて、失禁してしまっていたからだ。

「私が……私が耕した農地に……糞尿を垂れ流した……だと？」

私が顔を顰めたのを見て、ゴブリンキングは下卑た笑みを浮かべた。

「ゲギャギャギャッ！　いいなぁその顔。俺様、人間の怒りに歪んだ顔が絶望と恐怖に染まる瞬間が大好きなんだ。この耕した大地にもっと栄養を与えてやるぞ。お前ら、そこに垂れ流せ！」

ゴブリンキングの命令によって、隊列を組んでいたゴブリン達が一斉にその場で排泄を始めた。

周囲に悪臭が漂い、その臭いを吸い込んだゴブリンキングは愉悦に浸る。

「どうだ、嬉しいか？　糞尿まみれで栄養満点の畑の出来上がりだ。ギャギャギャギャ！」

私の中で何かが切れる音がした。

「……おい、調子に乗るな」

「ゲギャッ!?」

無意識に解放してしまった私の魔力を感じて、ゴブリン達の排泄が途中で止まってしまう。

そしてゴブリンキングは余裕ぶった笑みが消え、一歩後ろへ退いた。

「堆肥ってのはねぇ……ただの糞尿の事じゃないのよ。微生物の力で発酵させて熱で病原菌を駆逐しなきゃ使えないんだから。排泄しただけの糞尿は、ただの汚物でしかない」

発酵時に生じる熱が60℃以上になる事で病原菌は取り除かれ、それによって栽培した野菜などが安全に食べられるようになるのだ。

その工程を省いたただの汚物を農地にぶち巻かれたら、そこでは栽培出来ないでしょうが！

「ただの汚物は……汚物は焼却じゃああああぁっ！　『焼畑《やきはた》』っ!!」

私が手をかざして大地に魔力を送ると、地面から紅蓮の炎が立ち上り、空へ向かって轟々と燃え盛った。

「「「グギャアッ!?」」」

ゴブリン達は炎の壁に戦《おのの》いて、皆散り散りに逃げ出した。

焼畑農業は、古くは森などを焼いて整地する為に行っていた農法だ。

本来開墾してしまった土地に使うものでは無いけども、病原菌が土に入り込むのは勘弁して欲しかったからしょうがない。

私は魔力を強めに込め、汚染された区域に超高温の炎を展開した。

「ゲギャアッ！　お前ら逃げるなぁっ!!」

ゴブリン達にはもはやゴブリンキングの命令など届かないようで、一目散にこの場から離れて行った。

「おのれ人間っ!!」

ゴブリンキングが私へ向かって駆け出す。

そこにヴァンが割って入り、剣で攻撃を加えて牽制した。

「俺が引きつけますから、お嬢様はその間に逃げてくださいっ!!」

逃げる?

私の農地をめちゃくちゃにした敵を放って?

出来る訳ないでしょうが。

そうでしょスキルちゃん。

『同感です。農業を冒涜《ぼうとく》した者には天誅《てんちゅう》を』

スキルちゃんも怒ってらっしゃるぞ。

私は魔力を込めて、天誅に相応しい雨雲を呼んだ。

どす黒い雲が辺り一面を覆い隠し、空からの光を遮断する。

周囲には闇が立ち込め、その中で焼畑の炎が揺れ動く様は篝火《かがりび》のようだった。

鳴動する暗雲が今か今かと光をチラつかせていた。


「ぐうっ!」

ゴブリンキングの攻撃を避け切れず、ヴァンは吹き飛ばされて、離れた木の幹に体を打ち付けてしまった。

それでもヴァンはダメージを受けた体を引き摺りながらも、またゴブリンキングに立ち向かおうとする。

「お嬢様、早く逃げ……」

しかし思いのほかダメージが大きかったようで、がくりと膝を突くヴァン。

「大丈夫、そこで見てなさい」

ゴブリンキングは、ヴァンが動けなくなったと見て、今度はこちらに標的を変えた。

「ゲギャッ！　次はお前だぁっ！」

いいえ、次はあんたがやられる番よ。

私は呼んだ――天翔る閃光を。

「『稲妻』っ!!」

「グギャアアアアアァッ!!」

天より振り下ろされた雷槌《いかづち》を、ゴブリンキングはモロにその身に受けた。

一瞬体が透けて骨格が顕わになる。

私は連続して稲妻をゴブリンキングに落とし続ける。

スキルちゃんのレベルが上がり着雷精度も向上しているらしく、先の侯爵邸で放った時よりも正確に的を貫く事が出来た。

怒りに任せ魔力が尽きるまで撃ち続けてしまい、最後の一発を放った瞬間、膝の力が抜けてその場に蹲《うずくま》ってしまった。

「ふぅ……」

砂塵が舞い、それが周囲の視界を奪う。

ゴブリンキングの断末魔の声は雷鳴によって聞こえなかったけど、あれに耐えられる生物が居るとも思えない……。

しかしここで、少し離れた場所からその光景を見ていたヴァンが、余計な一言を口にしてしまう。

「やったか……？」

その呪いの言葉は、かの魔物にとって祝福となった。

舞っていた砂塵が風に流され薄れて行くと、風前の灯火でありながらもギリギリ命を繋いでいたゴブリンキングが姿を現した。

「ゲギャ……や、やってくれたな……。だが、絶命の淵に立たされた時、何かが俺を呼び戻したぞ……」

ヴァン、なんて事を言ってくれたのよ……。

それはフラグだから、絶対言っちゃダメなやつでしょうが。

ホントにもう、厨二なんだから。

「ギャギャ……最後の最後で、俺の勝ちだ……」

私は魔力が切れて足が言う事を聞かず、もう動く事が出来なかった。

拙っ……!?

ゴブリンキングが拳を振り下ろそうとするのが、スローモーションのように見えた。

私の第二の人生終わった――と思った瞬間、頭の中で声が響いた。

『させませんっ!!』

直後、私の後ろで急激に轟音が鳴り響き、何かが高速で周り込んで来た。

それはゴブリンキングと私の間に滑り込み、ゴブリンキングの攻撃を防いで私を守った。

諦めが滲む瞳に映ったのは、先程ヴァンを逃がそうと思って召喚しておいた農家御用達自動二輪車。

私の体の中の魔力は使い切ってしまったけど、農家御用達自動二輪車にはまだ私の魔力が残っていて、それをスキルちゃんが動かしたのだ。

攻撃を受け止めた農家御用達自動二輪車が私の前で止まる。

『ご主人様《マスター》、農家御用達自動二輪車に触れてください！』

よく分からないまま、スキルちゃんの指示に従って農家御用達自動二輪車に触れると、車体にチャージされていた私の魔力が逆流してきた。

「魔力が回復したっ!?」

私は驚きを封じ込め、すぐに僅かに回復した魔力を振り絞り、全力でゴブリンキングの核《コア》に魔力当てを撃ち込んだ。

「グギャアアアッ!!」

本来であればその程度では倒せなかったであろうが、稲妻を浴び続けてもう体力が残っていなかったゴブリンキングは、私の魔力当てに耐えきる事は出来ずに白目をむいて倒れ伏した。

「危なかった……スキルちゃん、ありがとう」

『どういたしまして。ご主人様《マスター》を守るのは当然の務めです』

ピクピクと痙攣するゴブリンキング。

まだ生きてはいるようだ。

とんでもない生命力だね……普通は雷に何発も打たれたら、それでお終いだろうに。

私がゴブリンキングのしぶとさに呆れていると、ヴァンが足を引き摺りながらこちらへと近寄って来た。

「マジっすか……ゴブリンキングを単独で討伐するなんて。貴方はいったい何者なんですか……？」

まったくヴァンってば、今更何を聞いてるのかしら？

追放されない為にも、決して明かす事は出来ないけれど、
前世の記憶を持ち、最強無敵の『農業スキルちゃん』を神から授かった――

「私は、侯爵令嬢アグリ・カルティアよ!!」

☆☆☆☆☆☆☆☆☆

魔力が尽きてしまっている私より、ダメージを負っているヴァンの方がまだ動けるようなので、残ったゴブリンの掃討を任せる事にした。

ヴァンは真っ先に、一番危険であろうゴブリンキングに止めを刺そうと慎重に近寄って行った。

魔物はいわば害獣なのだから、駆除するのは仕方が無い事だ。

私は前世で鹿や猪の駆除を手伝った事があるのだが、鹿や猪は解体までして、きちんとその命を食としていただくところまでやった。

しかし中には食べられない害獣もいて、食べる為じゃないのに命を奪うという行為が少しだけ躊躇われた。

その事が気になってヴァンに尋ねてみる。

「ヴァン、ゴブリンって食べられる？」

私の問いに、ヴァンが凄い顔でドン引きした。

「食おうとしてたんですか？　こんな緑色の奴、食える訳無いでしょう」

そうかしら？

緑色の蛙《かえる》なんかは鶏肉に似た味らしいわよ。

そもそも緑の野菜は栄養豊富で美味しいじゃない。

まぁゴブリンは人型だし、自ら試してみようとは思わないけどね……。

食べられなかろうと害獣であれば、農作物に被害が出るので処分しなければならない。

虫なんかはその最たる例だろう。

虫食べる人も居るけど……。

しかもこのゴブリン達は農作物だけでなく、人にも危害を加える可能性が高い。

それを貴族として見逃す事は出来ないのよね。

だが、ゴブリンキングの命が今正に尽きそうになってるのを見て、私は思ってしまった。

勿体無い……って。

あの体力を農業に使えば、どれ程の生産力になるだろうか。

でも私の全力の稲妻に耐えるような強力な魔物を、完全な管理下に置く事なんて不可能よね……。

『いえ、出来ますよ』

え？　スキルちゃん、どういう事？

『先程ゴブリンキングを倒した時にスキルが更にレベルアップしたので、色々と出来る事が増えました』

いやいや、ゴブリンキングはまだ生きてるから倒した事にならないでしょ？

『先程、稲妻に打たれた時点で絶命していたらしく、その時点で倒した事になっていたようです。その後何かの力で復活したようですが……』

何かの力って、ヴァンのフラグじゃないでしょうね？

もしそうだったとしたら、「でぇじょぶだ。フラグで蘇れる」がまかり通る世界って事になってしまう。

恐ろしいわね、フラグ……。

『話が逸れましたが、ゴブリンキングとゴブリン達を完全に支配下に置く事が、スキル能力向上により可能となりました』

『農業』のスキルなのに、ゴブリンを支配下に置けるの？

『はい。〝農奴《のうど》〟にする事で可能です』

あー、それがあったか。

まぁ、あんまりイメージは良くないけどねぇ。

自由を制限されて領主の持つ土地を耕していた農民達の事を指すのよね。

前世でお祖父ちゃんが、農業が儲からないからと自虐的に言ってたりもした。

お祖父ちゃんが儲からなかったのはトラクターにお金つぎ込み過ぎてたからでしょ。

トラクターの屋根の後部にウイング付ける意味ある？

それはさておき。

農奴にするのはいいけど、いくら管理下にあると言っても、ゴブリンが居るって知られたら討伐されちゃわない？

この世界には冒険者がいるから、自分のランクアップの為に狩りに来そうだし。

そもそもこの領地を管理するお兄様に知られたら大目玉よ。

『大丈夫です。ゴブリンキングを倒した経験値は相当なもので、他にも能力が増えています。農奴にした者を〝増強《ブースト》〟する事が可能になりました。これにより、ゴブリンキングを強制的に〝人化〟させる事が可能です』

『人化』!?

それって魔物に転生した人達が求めるという、ラノベによくあるアレ？

『はい。上位の魔物だけが得られる特殊スキルです。本来であればドラゴンに匹敵する程の強者にしか使えない能力ですが、『農業』スキルで農奴を〝増強《ブースト》〟する事でゴブリンキングでもそれが可能となります』

なるほど、それなら全ての問題が解決出来るし、更に私は労働力を手に入れる事が出来る。

お母様が侯爵領の方に来てしまうから、自由に農地まで出向けなくなる可能性があるのよね。

本当は自分で全部やりたいけど、ある程度は人に任せるようにしないと農作物を育てるのは難しいと思う。

よし、それで行こう！

私が農奴にしようとゴブリンキングを見たら、ヴァンがゴブリンキングの首を落とそうと剣を振りかぶってるところだった。

「ちょっ、ヴァン、ダメぇっ!!」

ヴァンを止めるべく、魔力が尽きてしまっている私は全身を使ってヴァンに飛びついた。

しかし、足に力が入らなくてもつれてしまい、ヴァンの足下にタックルするような形になってしまった。

「わわっ！　ぶべぇっ!!」

足下を掬《すく》われたヴァンは顔面から地面に激突して、白目をむいてゴブリンキングの横に並んで気絶した。

混沌《カオス》……。

『間に合って良かったですね』

そ、そうね……。

ヴァンが起きても、素知らぬふりしとこっと。


一先ず私は魔力の回復に努めた。

ゴブリンキングを農奴にするにしても、魔力が無くちゃスキルが使えないからね。

あれ？　さっき私の魔力枯渇してたのに、スキルちゃんが自律稼働して自動二輪車を動かせたのは何故だろう？

スキルちゃん、私のスキルなのに私の魔力に依存してないの……？

『今は余計な事を考えずに、魔力回復に専念してください』

あ、今完全に誤魔化したよね？

おーい、ちょっと怪しいんですけどぉ。

スキルちゃん、いったい何者なのよ？

『私はただの〝農業スキル〟です』

うーむ、まぁ別に困る訳じゃないからいいんだけどね。

秘密にされるのはちょっと寂しいかも……。

『その時が来たらお話しする事を前向きに検討するかも知れません』

それ絶対話してくれないやつじゃん。

などとお話ししながら魔力の回復を待った。

魔力は安静にしていれば、最大魔力量に対して1時間に10％程回復する。

私の場合は最大魔力量が多いので回復量も多く、30分もしたら魔力が多めと言われる人の全回復分ぐらいの魔力が溜まる。

普通にスキルを使う程度なら、常時回復量の方が多いぐらいなので延々とスキルを使い続ける事が出来てしまうのだ。

ただ今回は、怒りに任せてかなり粗く使ったので、久々に完全枯渇してしまった。

前回魔力枯渇したのは、数年前、侯爵領へ行くお兄様と離れたくなくて全力で引き留めようとした時だったかな。

周囲の建物が倒壊して大惨事になったっけ。


程なくして魔力がそれなりに回復したので、ゴブリンキングの下へ向かおうとしたところ、ゴブリンキングも目を覚ましたようで、苦しそうに呻いていた。

「ゲギャ……くっ、殺せ……」

雄《おす》がくっころ言っても誰も得しないわよ……。

「殺しません。貴方には私の下で働いてもらいますから」

「ギャギ!?　な、なんだとっ!?　ぐぅっ」

ゴブリンキングは声を荒げようにも、痛みの方が勝ってしまっているようだった。

「私が勝ったのだから、生殺与奪の権は私にあるでしょう？　貴方に反論する余地はありませんよ」

「……ギャ。俺が軍門に降《くだ》るから、部下は見逃してくれ」

「それも却下ね。見逃せばまた新たなゴブリンキングが現れて人々に危害を加えるかも知れない。私は貴族としてそれを許す訳にはいかないのよ。だからゴブリン達は全て私の管理下に置きます」

ゴブリンキングは顔を顰めながらギロリと私を睨んだ。

しかし、暫し考えを巡らせた後、抵抗する事を諦めたようだった。

「グギャ……もう好きにしろ……」

「ええ、好きにさせてもらいますわ」

よっしゃ、労働力ゲットだぜ!!

「では、逃げ出して散り散りになったゴブリン達を集めてくれるかしら？　キングならそういった能力も持ってるでしょう？」

「ギャギャ。分かった」

ゴブリンキングが口笛を吹くと、物陰に隠れていたり、遠くに行ったりしていたゴブリン達がワラワラと集まって来た。

スキル的な能力じゃなくて口笛で呼ぶんかい。

ざっと数えてみたら、総勢１０００匹超えの労働力が手に入る事になりそうだ。

でも、これだけのゴブリンを農奴にするとなると、ちょっと魔力足りないんじゃないかな？

『頭であるゴブリンキングを農奴にすると、その配下にあるゴブリン達も自動的にご主人様《マスター》の支配下に置かれます』

なるほど、そうなのね。

という事で、私はゴブリンキングに対してだけ農奴にするスキルを使う事にした。

面倒なので、一緒に『人化』も済ませてしまおうと思う。

「『農奴《のうど》』っ!!　と、『増強《ブースト》』っ!!」

「ゲギャアアアアッ!!」

スキルの発動と共にゴブリンキングが雄叫びを上げると、体全体がボコボコと隆起を始め、体の各所からもの凄い音を出し始めた。

うわぁ、『人化』って外見をそう見せるだけじゃなくて、肉体を骨格から再構築するのね。

私、人間に転生出来てて良かったぁ……。

そうこうしていると、ゴブリンキングの支配下にあるゴブリン達の体も蠢き始めた。

苦しそうに呻くゴブリン達と、断末魔のような悲鳴と共に5ｍ程もあった体躯がどんどん小さくなっていくゴブリンキング。

数分で、その混沌とした状況は終わりを告げた。

「はぁ、はぁ……じ、『人化』した？　これはいったい……」

「貴方達は私の支配下に入りました。今後は悪させずに真面目に農業に取り組んでください」

私の言葉が理解出来なかったようで、皆一様にキョトンとしている。

皮膚は人肌になってるし疑われる事は無いと思うけど、全員が腰布1枚ってのはどうにも良くないわね。

後で服を調達した方がいいかも知れない。


さて、色々教えておきたいのに、もう日が傾き始めてるから帰らないといけない。

早ければ明日ぐらいにもお母様が到着してしまう可能性があるので、一旦領主邸に戻らないとだし。

彼らはゴブリンの集落があった場所で寝起きしてもらうとして、農業の指導についてはどうしようか？

『私が遠隔で指示を飛ばせますので、問題ありません』

おお、さすがスキルちゃん。って言うか、その能力かなりヤバいやつじゃね？

スキルちゃんがパワーアップし過ぎてて、追放されないように能力を見せるどころか、隠蔽しなきゃいけない気がしてきたよ……。

じゃあとりあえず農業の指導はスキルちゃんにお任せして、野菜の種だけ渡しておこうか。

種、種っと……あ、軽トラの中に置きっぱだった。

急ぎ軽トラを召喚して、運転席の脇に置いてあった種入り袋を取り出した。

そこでふと違和感に気付く――。

「これ、ある意味『空間収納』よね……？」

第四章

2人の殿下

★★★★★　ヴァン視点　★★★★★

覚醒と共に急激に体の痛みに襲われる。

俺は何をしていたんだったか？

気を失う前の最後に見た光景は確か——、

「ゴブリンキングはっ!?」

目をはっきりと開けると、目の前の景色が動いていた。

いや、移動しているのは俺の方か？

「ヴァン、目が覚めたのね。良かったわ」

声のした方を見ると、侯爵家令嬢であるアグリ・カルティアお嬢様が円形の操縦桿《かん》を操作していた。

恐らく俺は今、お嬢様の白いゴーレムに乗っているのだろう。

景色がどんどんと流れていく。

相変わらず凄まじい速度で移動しているな。

……いや、それよりも今確認しておくべき事は他にあるんだ。

「お嬢様、ゴブリンキングはどうしましたか？」

俺の問いに、お嬢様はおかしな間を持って返答した。

「……ご、ゴブリンキングね。ヴァンが止めを刺そうとした時に復活して、ヴァンを吹き飛ばしたんだよ。そしてそのままどこかへ逃げて行ったみたい」

……おい、お嬢様、何故今目を逸らした？

「ゴブリンキングは逃げたんですか……？」

「そ、そそ、そうよ。他のゴブリン達も逃げちゃったから、もう心配いらないわ」

明らかに嘘をついていると思われる挙動だ。

絶対にこちらを見ようとしないし、大量の汗をかいている。

外は日が傾いているとはいえ、残暑が厳しいので汗をかくのも不思議ではない。

しかし、このお嬢様の白いゴーレム内はまるで別世界のように涼しい空気に満たされている。

いくら汗かきだったとしても、あれ程の汗をかく筈がないのだ。


俺もみくびられたものだ。

もっとも俺のスキルは秘匿されているのだから、嘘が通じると思われてしまうのも仕方が無い事だろう。

俺はお嬢様が嘘をついているかを確認する為に、お嬢様の汗に『魔眼』を使った。

——名称：汗
——状態：嘘をついている味

やはり、汗が嘘をついている味になっている。

何故俺の『魔眼』が味覚で表現するのかは分からないが、嘘については完全に看破出来るので重宝している。

嘘をついている味とはどんな味なんだろうな。


まぁそんな事はどうでもいい。

ゴブリンが逃げたというのが嘘ならば、お嬢様が悠々と帰路についているのが説明出来なくなってしまう。

逃げた訳じゃないのに帰れているという事は、お嬢様が倒したのか？

魔力が枯渇して動けなかった筈なのに、いったいどうやって……。

いや、昨日今日と散々常識外の行動を見せてきたお嬢様だ。

何らかの奥の手があったとしても不思議じゃない。

しかし、魔力が枯渇していてもゴブリンキングに止めを刺せるなど、お嬢様のスキルは規格外すぎる。

本当にお嬢様のスキルは『農業』なのだろうか？

何か隠蔽するような技能を持つスキルで、鑑定や看破等を阻害するために『農業』に偽装しているとしか思えない。

俺のスキルを全開にしてでも、お嬢様の本当のスキルを知っておくべきじゃないのか？

興味があるのも事実だが、それ以上にライス様、延《ひ》いてはカルティア侯爵家の為にも真実を明らかにしておくべきだろう。


俺は両目に最大限の魔力を集中させる。

そして、アグリお嬢様のスキル情報の深淵を覗いた。

——名：アグリ・カルティア
——身分：侯爵家長女
——スキル：『農業』

くっ……、やはりスキルは『農業』としか表示されない。

俺の魔力が足りなくて看破し切れないって事か？

いや、まだ続きがある……。

――配下：農奴となった元ゴブリンキングと元ゴブリン達

「ブフーーーッ!!」

「うわっ、何よヴァン、汚いわねっ！　フロントガラスが唾でベトベトじゃないのよ！」

「す、すみません……」

いや、こんなもの見せられたんだから、唾ぐらい許して欲しい。

農奴って何？

元ゴブリンキング？

元ってどういう事だ？

疑問しか出て来ねーよ！

誰か説明してくれ。

『魔眼』、もっと詳しい情報くれよ。

頭おかしくなりそうだわ……。


俺が頭を抱えていると、遙か前方に馬でこちらへ向かって来る人の姿が見えた。

「お嬢様、人がこっちに向かって来てます。このゴーレム、あんまり見せない方がいいんじゃないですか？」

「それもそうね。降りましょう」

ゴーレムが停止したので、俺達はその場で降りる。

お嬢様がゴーレムを消したところで、再度前方から向かってくる人影を確認した。

あの筋骨隆々のゴッツいフォルムは見た事あるな……。

「あれは冒険者ギルドのギルドマスターですね」

「え？　何で冒険者ギルドのギルドマスターが、こっちに向かって来てるのかしら？」

「さぁ？　ひょっとしたら、冒険者ギルドの方でもゴブリンキングの情報を掴んでいたのかも知れませんね。きっと何か聞かれると思いますよ。俺はギルマスとも面識があるので」

俺がそう言うと、お嬢様は分かりやすく取り乱して、オロオロし始めた。

そして、とんでもない事を言い出し始める。

「ねぇヴァン。ゴブリンキングはヴァンが追い払った事にしてくれない？」

「はぁっ!?　何言ってるんですか。お嬢様が殆ど単独で倒してしまったし、俺は何も出来ずに最後は気絶してたんですよ」

「でも私、あんまり目立ちたく無いのよね。農業の時間が減る……じゃなくて、スキルをもっと上手く扱えるように訓練しないとだから、討伐とかに狩り出されるのは困るのよ」

おい、今完全に私欲で「農業の時間が減る」って言ったよな？

「俺だって自分の実力以上の評価を受けるのは困ります。侯爵家の兵として、正確な力を把握してもらわないと、いざという時危険ですから」

「それについては大丈夫よ。いざという時は私がヴァンをパワーアップしてあげるから」

お嬢様のスキルは、俺の想像を遙かに超えているようだ。

俺はお嬢様の発言に背筋が寒くなった。

そんな能力、世界を揺るがしかねないぞ……。

だが同時に、パワーアップという魅惑の言葉は、俺の心をときめかせた。

スキル強化の秘密がそこにある。

結局その誘惑に抗えず、俺はお嬢様の提案を呑む事にした。

☆☆☆☆☆☆☆☆

冒険者ギルドのギルドマスター。

黒光りしたスキンヘッドが太陽光を反射して眩しいんですけど……。

「おぅ、ヴァンじゃねーか。こっちの方向にいたとはツイてるな。これからゴブリンキングの討伐に向かうからつき合って欲しいんだが……っと、そっちのお嬢さんはまさか」

「侯爵家の御令嬢であるアグリ・カルティア様です」

ヴァンが私を紹介すると、ギルマスは馬から下りて私の前に膝を突いた。

「失礼しました。私は侯爵領北部の街ラディッシュの冒険者ギルドでギルドマスターをしているゴインと申します」

厳つい見た目に反して、きちんと礼を弁えているようだ。

「初めまして。カルティア侯爵の娘アグリですわ」

「ヴァン、もしかして今はこの方の護衛をしているところか？」

「ええ、まぁ」

「ちっ、じゃあしゃーねぇか。俺1人じゃキツいんだが、なんとかゴブリンキングを食い止めてくるか」

ギルマスは輝く頭を掻きながら溜息をついた。

供も連れずに1人でゴブリンキングに立ち向かうつもりなんだろうか？

まぁその盛り上がった筋肉なら、普通のゴブリンの攻撃なんて弾き返しそうだし、ゴブリンキングとも渡り合えそうね。

ゴブリンキング、もう居ないけど。

「ギルマス、そのゴブリンキングなんですが……」

ヴァンが説明しようとして言い淀み、チラリとこっちに視線を向けた。

こらこら、怪しまれちゃうでしょうが。

サクッと言っちゃいなさいよ、ヴァン。

「なんだ、ゴブリンキングを見たのか!?」

「いや、その……お、俺が追い払いました」

ヴァンが自信なさげに言うと、ギルマスは暫し絶句して動きを止めた。

丁度頭部で反射された光が私の方に来ちゃってるよ！　眩しいから動いて！

「ま、マジか……？　さすがセヴァス爺さんの孫だな。しかし、討伐は出来なかったって事か」

「あ、はい。さすがに俺1人で討伐は無理ですから」

「まぁ護衛対象がいる中で深追いも出来んだろ」

ギルマスが感心しながら、完全に信じ切っているようだった。

ちょっと良心が痛む。

まぁ脅威は去ってるんだし、問題無いよね。

「じゃあとりあえず、俺は念の為ゴブリンの集落があったって場所を確認してくるわ」

ギルマスは立ち上がり、馬に乗って行こうとしてしまう。

それは拙い……。

今その集落には元ゴブリン達が腰巻きだけの半裸で生活してるんだから。

『人化』で人の姿になってるとはいえ、怪しい集団には違いないし、最悪盗賊の疑いを掛けられかねない。

なんとかギルマスを遠ざけないと。

『いえ、寧ろ公認してもらった方がいいのではないでしょうか？』

え？　どゆこと、スキルちゃん？

『ご主人様《マスター》が保護した移民という事にして、ギルマスがそれを認めれば誰も手出し出来なくなります』

なるほど！

「お待ちください、ギルドマスター」

「何でしょうか？」

「ゴブリン達はヴァンが追い払ったのですが、その際に襲われていた人達を保護しました。山奥の山村で暮らしていた者達らしく、平地に移住しようとしていた所だったようです」

「何ですとっ!?」

「それで住む場所を探していたその人達に、ゴブリンの作った集落を使ってもらう事にしました。その人達は私の名の下で保護しますので、おかしな嫌疑を掛けぬようお願い致します」

私の話を聞いて考え込むギルマス。

そして私をジト目で睨むヴァン。

視線が痛い……『魔眼』じゃないわよね？

「承知しました。私の方でもその者達の保護をしましょう。但し、最終判断は侯爵領主代行であるライス様の判断に従う事になります。よろしいですね」

そっか、お兄様の説得も必要なのか。

まぁお兄様は私に甘いので何とかなると思うけど。

あとはスキルちゃんの遠隔指示で元ゴブリンキングに口裏合わせてもらえば大丈夫ね。

「はい。よろしくお願いします」

貴族である私に頭を下げられて、ギルマスはばつが悪そうに去って行った。

「お嬢様、移民なんて聞いてませんが？」

だって言って無いもの。

ゴブリンが『人化』したなんて言えないし。

「先程ギルマスに報告した通りです。ギルマスにお任せしたのだからその話はもういいでしょう?」

だからそのジト目はやめなさい。

お兄様ほどではないけど、それなりに顔立ちが整っているヴァンのジト目も可愛かった。

そして明日辺りに来るであろうお母様に備え、今日は街を素通りして軽トラを全力《フルスロットル》で領主邸まで走らせた。

ヴァンは隣で寝てたけど。

今日のうちに帰っておいて、明日お母様が来た所を出迎えれば、少しは印象がいいでしょう。

あとはレベルアップして精度が上がった『稲妻』を見せれば追放は免れるだろうし、更なる鍛錬と称して侯爵領に止まれれば農業も続けられる。

完璧な作戦だ。

いける!

……と思ってた時期が私にもありました。

侯爵領の領主邸に辿り着くと、門番がいる筈の場所には綺麗なドレスを着た般若が立っていた。

「お帰りなさいアグリ。お説教を聞く準備は出来ているかしら?」

「ごきげんよう、お母様……」

視界の端の夕日が滲んで見えた……。

帰宅後1時間――私が正座し続けている時間だ。

お母様、よく1時間もお小言を続けられるものだ。

言ってる方が疲れるだろうに……。

しかし、まだまだお説教は終わる気配を見せない。

あ、話がループした。

これは数時間コースか……。

「ちゃんと聞いていますか、アグリ!?」

「は、はい！　もちろんです!!」

ここで聞いていませんでしたなどと言おうものなら、朝までノンストップだ。

こっそり湿布貼ってズルしてるけど、私の召喚した湿布がいかに回復効果があろうとも、さすがに朝までは足が持たないと思う。

それにしてもお腹空いた……。

今は空腹の方が深刻かも？

「それで、貴方はグレイン殿下の事をどう思っているのですか？」

おや？　急に話が変わった。

何故殿下の事なんて聞いてくるのだろう……？

あ、もしかして先日殿下が来訪された時に、無理矢理帰らせた事についてのお小言かな？

なるべくお母様の怒りに触れないように話さなくては。

いわば、これはインポッシブルなミッション。

インポッシブルじゃ回避出来ないけどね。

「も、もちろんグレイン殿下の事は大切に思っております」

将来の国を背負うお方なのだから、お体は大切にしてご自愛いただかないとね。

しかし私の回答に満足出来なかったのか、お母様は眉をつり上げる程に目を見開く。

もしや怒りの赤外線に触れてしまった？

「アグリ。貴方、まさか気付いていたの……？」

あれれ？　何かお母様の様子が……変身とかしないわよね？

気付いていたって何の事だろう？

いや、殿下に関する事で気付いていたのかと尋ねられる事なんて1つしかないじゃない。

『魔眼』の事だ。

「もちろん気付いておりました。お父様や殿下の態度や言動を鑑みれば、すぐに分かる事ですから」

恐らく、お父様は私のスキルを疑っているというより、強力なスキルである事を確認して貴族としての地位を盤石にしたいと考えていたのだと思う。

それで『魔眼』を持つグレイン殿下にお願いして、王家認定でも貰おうとしたのだろう。

ところが私のスキルは残念ながら生産系のスキルでしかない。

王家認定どころか、排除されかねないのである。

それに殿下も僅かながら気付いているような態度を見せていた。

そして、無理をしてでも私のスキルを看破しようとした。

前世の記憶を取り戻して警戒心が強まったから気付けた事だとは思うけど、子供の精神のままだったら今頃追放待ったなしだったわ。

危なかった。

でも、私が気付いていた事、お母様に言っても良かったかな？

いや、こういう事は正面切って話し合っておいた方がいい気がする。

「ですがお母様、私が殿下と向かい合うのは今暫く待っていただきたく思います」

「何故かしら？　殿下は一日でも早い方がいいとお考えだと思うわ」

それはそうでしょうね。

貴族として相応しくない者がいつまでも貴族籍にあるのを、王族としては良しとしないでしょう。

「私はまだ殿下の前に立つに足るものを身に付けておりません。それを得る為に、無茶をしてでも侯爵領に来たのです。何も得ないまま帰る事など出来ません」

少しでも先延ばしにして、その間にスキルちゃんをもっとパワーアップしないとね。

私の譲らない覚悟を聞いてか、お母様は怒りの矛を収めてくれたようだ。

「貴方の気持ちはよく分かったわ」

よし！　何とかお母様を説得出来たわ！

「でもね、残念ながらそれは無理ね」

何故にっ!?

「先程王都の侯爵邸から連絡があったのよ。来週行われる王家主催のパーティへの招待状が貴方宛に届いたわ。そこできっと殿下とも顔を合わせるから、その時に話が進んでしまうでしょう」

パーリィ!?

しかも王家主催って、逃げられないじゃないの!

オワタ……。

殿下の『魔眼』で私のスキルは看破され、侯爵家から追放されてしまう。

……いや、まだ諦めるのは早い。

殿下の魔力量が私のそれを上回らない限り看破されない筈だし。

でも、もし殿下の『魔眼』が邪麟眼《じゃりんがん》に覚醒していたら?

なんてあるわけ無いよね。

あれはヴァンの寝言だし……無いよね?

「ライスが戻って来て、侯爵領についての報告を聞き次第、私達は王都へ戻りますよ」

こうなれば、お兄様が戻るまでの間にスキルちゃんをレベルアップしておかねば。


翌朝。

「何でお兄様、こんなに早く戻ってくるんですかっ!?」

「ゴブリンキング討伐に向かったら移民がいたんだけど、ギルマスが『侯爵令嬢の名の下に保護された』っていうから、急ぎアグリに話を聞きに戻って来たんだよ。何か拙かったかい？」

自業自得だった……。

☆　☆　☆　☆　☆　☆　☆　☆　☆

侯爵領領主邸の一室、嫡男のライスが主に執務で使う部屋に3人の男女が集まっていた。

カルティア侯爵夫人ファム・カルティア。

カルティア侯爵嫡男ライス・カルティア。

執事見習い兼ライスの護衛ヴァン。

ファムとライスは向かい合ってソファーに座っているが、ヴァンは入口付近で直立していた。

ヴァンは、ライスとは友人でもあるため気安い仲であるが、侯爵夫人とは会話も殆どした事が無かったのでとても緊張していた。

そして聞かれるであろうアグリの事を思うと胸が締め付けられ——る事はなく、胃がキリキリと痛むだけだった。

「ヴァン、君も座ってくれ」

「ですが……」

「構いません。すぐに済む話ではありませんから、お座りなさい」

夫人に言われ、ヴァンは渋々1人掛けになっている手前のソファーに腰をかけた。端《はな》から逃げられはしないのだが、椅子に座る事で完全に退路は断たれたように感じられた。

先に口を開いたのは、ヴァンの直属の主人であるライスだ。

「ギルマスから聞いたよ、ヴァン。単独でゴブリンキングを退けたって。凄いな君は。いったいどんな闘いだったのか少し聞かせてもらいたいんだ。まだ仕留められていないので、侯爵家の騎士団で追撃する事になってるからね」

ヴァンの背筋から大量の汗が吹き出した。

ライスには真実を報告するつもりだったのでいいのだが、ここには侯爵夫人もいる。話し方によっては自身の『魔眼』スキルについても話さなければいけなくなるだろう。

慎重に言葉を選び、ヴァンは話し始めた。

「実はゴブリンキングを退けたのは私ではありません」

「え、そうなのかい？　いったい誰が……って、嫌な予感がするんだけど」

「ご想像の通りの人物です」

「うはぁ……あの高速で走るゴーレムを見た時から尋常じゃ無いスキルかもと思ってたけど、あの歳でゴブリンキングを退けるか」

と、当然そんな話を聞いた夫人が会話に割り込んで来ない訳が無い。

「ちょっと待ちなさい。ライス、まさか貴方の言ってる人物ってアグリの事かしら？」

「ええ、まぁ。母様はアグリのスキルをご覧になったのですよね？」

「私が見たのは雷系の魔法と、土系の魔法で作ったゆっくり動く搭乗型ゴーレム、それから――」

「ゆっくり動く搭乗型ゴーレム？　私が見たゴーレムは優に馬の数倍の速さで走ってましたよ？」

母子の会話に、これは補足した方がいいだろうとヴァンが口を挟む。

「お嬢様は複数のゴーレムを扱います。馬車の車輪のようなものが2つの緑色のゴーレム。車輪が4つの白いゴーレム。大地を抉る牙を持つ赤いゴーレム。私が見ただけでも3体はいました。あと、土系魔法で作ったというよりは、召喚したように見えましたが……」

ヴァンの言葉に夫人は考え込んだ。

何故『召喚』を態々土系魔法だなどと言って偽装したのだろうか？

しかしそうせざるを得ない理由が思いつかなかった。

「じゃあアグリはそのゴーレムでゴブリンキングを倒したのかな？」

ライスの問いにヴァンは首を振る。

「ゴーレムは帰還させて、奥様のおっしゃる雷系の魔法で倒しました。他の1000匹以上のゴブリン達は、炎系魔法で壁を作り追い払ってましたが」

「ちょっと待って。アグリは炎系魔法も使えるのかい？」

「ライス、アグリは風と火の合成魔法まで使えます。恐らく他の属性も使えるでしょう」

「そんなに多岐にわたる魔法を使えるなんて、アグリのスキルはもしや『大魔導師』……いや『賢者』!?」

ライスはチラリとヴァンの方を見るが、ヴァンは夫人に分からないように少しだけ首を振る。

それを見てライスは自分の予測は外れていたと知る。

しかし、逆に疑問も増した。

ならばいったいどんなスキルだと言うのか。

それについての言及は避け、ヴァンはその話を途中で終わらせる事にした。

何系魔法などという次元を軽く超えた報告をしなければならないのだから。

「スキルの考察はそこまででお願いします。これからお話しする事が最も重要です」

「これ以上の話はちょっと聞きたくないんだけど、領主代行として聞かないとだよね……」

「どうしても聞いていただきます。私1人ではとても抱えきれませんので」

ヴァンの剣幕に、ライスのこめかみを汗が伝う。

「どうやらお嬢様は、その倒したゴブリンキングとゴブリン達を従えてしまっているようなのです」

「うわあああっ！　聞きたくなかったぁ!!」

叫びを上げるライス。

目を見開き絶句する夫人。

「魔物を従えるって、僕の妹は魔王になっちゃったの!?」

「いえ、そうではないと思いますが……」

「でもその従えてるゴブリンキングの姿は無かったよね。どこに消えてるんだろう？」

「私の推測でしかありませんが、不自然な点が2つあってそれを繋ぐと合点がいくのです」

「不自然な点？」

「はい。討伐したゴブリンキングはどこかに消え、ゴブリンの集落にはどこから来たのか分からない移民がいた」

「確かに騎士団がいくら捜しても、ゴブリン1匹すら見つけられなかった。そして代わりにいた不思議な移民達」

「その移民達は『人化』したゴブリンキング達ではないでしょうか？」

「荒唐無稽《こうとうむけい》だけど、一番しっくり来る仮説だね……」

ライスとヴァンの話を聞いていた夫人がたまらず声を上げる。

「ヴァン。何故アグリがゴブリンキング達を従えていると分かったの？」

「そ、それは……」

言い淀むヴァンを見て、夫人は察した。

「ごめんなさい。それについての詮索はやめるわ。でもその従えているというのは確実なのね」

「はい、間違い無い筈です」

夫人は正面に座るライスを厳しい眼で見つめる。

「ライス、ゴブリンについては騎士団を動かして警戒した方がいいと思うけど、アグリが悪事に手を染めるとは思えないわ」

「それについては同感です」

「但し、他の貴族へ情報は漏れないよう徹底して」

「承知しました」

なんだかんだ、この母も娘に甘いなと思うライスだったが、当然口には出さなかった。

なんとか報告しなければならない事はしたと、一息ついたヴァン。

しかし、夫人は更なる追撃をかける。

「ところで、アグリは何故そんな危険な場所に赴いたのかしら？　まさか自らゴブリンキング討伐しようと言い出した訳じゃないわよね？」

それはヴァンの護衛としての務めを疑問視しているという事だった。

「申し訳ありません。私の力ではお嬢様をお止めする事は適いませんでした。処分はいかようにも」

「処分するつもりは無いわ。セヴァスが止められないのだから、恐らく家族以外の者では制御出来ないでしょう。止めるのであれば、ライスが言って聞かせておくべきでしたね」

「申し訳ありません、母様。僕はアグリに甘いですよね」

「そうね……じゃなくて。私は、アグリが私達に何かを隠しているようなので、それを知っておきたいのよ。スキルについては家族間でも詳らかにしないものなので別にいいの。でも最近のあの子はどこかおかしくて。昨日話した限りでは殿下の婚約者候補であるという自覚はあるようなのに、どうにも行動が不可解だし。何か知っていたら教えてちょうだい、ヴァン」

公爵夫人ではなく、母親としての言葉にヴァンは頷かざるを得なかった。

「承知しました。ただ、私がこれから言う事は真実なのですが、信じていただけるかは自信がありません」

「何であろうと信じましょう」

「僕もヴァンを信じるよ」

「ではお話しします。お嬢様が北の地へ赴いたのは――農業をする為だと思われます」

「「…………………え？」」

☆☆☆☆☆☆☆☆☆

日の光が差し込まない深い森林の中、暗く視界の悪い街道が王都へ向かって続いている。

私とお母様は王城で開かれるパーリィへ参加する為に、王都へ向かって移動していた。

何故かお母様が私のゴーレムに乗りたいと言い出したので、馬車ではなく軽トラでの移動である。

私としてはこっちの方が快適だからいいんだけどね。

それはお母様も同様だったようだ。

空調は厳しい残暑を感じさせない程に適温に保たれ、揺れが少なく騒音もしないので会話も問題無く出来る。

お陰で、お母様のお小言が始まってしまった。

何故に？

私は少しでも早くお小言を終わらせる為にアクセルを踏み込んだ。

長い長いお小言。

馬耳東風の心で何とか耐えていると、街道の遠くの方に馬車らしきものが見えて来た。

衝突しないように速度を緩めようとしたが、どうにも馬車の様子がおかしい。

なんか、馬車を取り囲むようにワラワラと人だかりが……。

「賊のようですね。急ぎなさい」

「はい、お母様」

我が侯爵領で賊行為とはやってくれるわね。

領内の盗賊はお兄様が一掃した筈だけど、流れ者かしら？

いずれにしても、ここにお母様が居合わせた事を嘆くがいいわ。

「あの賊はアグリ、貴方が何とかしなさい」

私がやるんかーい。

「お母様、私のスキルではあまり加減が出来ないのですが」

「相手は賊です。手加減する必要はありません」

「いえ、そうではなく、範囲指定が難しいので護衛らしき方々も巻き込んでしまいます。下手をすると馬車まで……」

「そこを何とかしてみせなさい」

お母様は闘いとなると殊更厳しくなる。

出来ないならば創意工夫しろが指導方針なのである。

まぁやりようはあるけども。

「承知しました」

いくら精度が上がったとはいえ『稲妻』は近くに味方が居ると使えない。

ここは魔力当てで蹴散らした方が良さそうね。


「隊列を崩すな！」

馬車を守っている騎士らしき人達は、数の差から徐々に押され始めていた。

「ヒャッハー！」

次々に飛びかかってくる盗賊を、スキルを使いながらなんとかはね除けているものの、数の不利を逆転させる一手が打てていない。あれはジリ貧状態だ。

騎士達の表情には、絶望の色が浮かんでいた。

私は馬車の手前まで来たところで、軽トラをドリフトさせて急制動で停止させた。

「ざっと40人ってところね」

1人飛び抜けて大柄な男がいるけど、あれが賊の頭《かしら》かな？

「なんだぁ、ありゃ？　鉄の箱？　でもまぁ何だか知らねぇが、中に入ってる女共は上玉だなぁ。おい お前ら、あれの中にいる女共も捕まえろ」

その頭らしい人物が声を発すると数人がこちらへと飛びかかって来た。

それを軽トラに触れられる前に車内から魔力当てで気絶させた。

次いで私は即座に軽トラから降り、農家御用達自動二輪車を召喚して乗り込む。

「いくわよっ！　点火《イグニッション》!!」

アクセルをぐいっと回し、初速からフルスロットルで盗賊の後ろへと高速で回り込んだ。

「なっ、何ぃっ!?」

「このガキ、はええっ!!」

慌てふためく盗賊達は乱暴に武器を振り回して来るが、スキルちゃんの補助もあり、アクロバティックな走行で相手に的を絞らせない。

そのまま、土との親和性が高い『農業』スキルで敵の足下を泥化させて動きを止め、魔力当てで順番に気絶させていった。

「ぐはぁっ！」

「あヴぇしっ！」

「たわヴぁっ！」

変な声を発しながら倒れていく盗賊達。

程なくして殲滅は終わり、護衛の騎士以外で立っているのは賊の頭のみとなった。

頭は明らかに他とは一線を画す強さを秘めているようだ。

丸太のような腕から、見ただけで身体強化系のスキル持ちだと分かった。

私も『農業』スキルで『身体強化』は出来るが、あくまでも生産系の『身体強化』なので戦闘系のそれには及ばない。

そもそも『身体強化』は基礎となる肉体の強さが大きく影響するので、僅か8歳の華奢な腕では太刀打ち出来ないだろう。

という事なので、こっちも奥の手を使わせてもらいますよっと。

スキルちゃん、アレお願い。

『了解しましたご主人様《マスター》。〝農奴〟スキル〝金剛《こんごう》〟発動！』

スキルちゃんの新たに覚醒した能力『農奴』には、『増強《ブースト》』の他に『複製《コピー》』という能力もある。

農奴にした対象が持っているスキルを複製して使う事が出来るのだ。

つまり、農奴を増やせば増やす程、私が使えるスキルも増えていく。

邪麟眼《じゃりんがん》を使わなくても『複製《コピー》』出来るって知ったら、ヴァンが羨ましがるだろうなぁ。

そして今回スキルちゃんに使用してもらったのは、ゴブリンキングが持っていたスキル『金剛《こんごう》』。

『身体強化』を遙かに凌ぐ肉体の強化を可能にするスキルだ。

「ば、ばかな……」

賊の頭が私の腕を掴んで動かそうとしていたが、私は僅かに力を込めるだけで難なく抵抗出来た。

そのまま賊の頭の巨体を持ち上げて投げ飛ばすと、頭は巨木の幹に強《したた》かに体を打ち付けて気絶してしまった。

メキメキと音を立てて巨木が倒れたのを見て、護衛の人達が青ざめる。

『金剛《こんごう》』……制御が難しすぎるから頑丈そうな相手にだけ使う事にしよう。

とりあえず、なんとかお母様の出した難題をクリア出来たかな?

倒れている賊を、害獣防止柵に使う丈夫なロープを召喚し縛り上げていく。

40人はいくら何でも多過ぎよ。

馬車の護衛の騎士さん達も手伝ってくれて、なんとか全員拘束する事が出来た。

騎士さん達に感謝されたが、この領内で盗賊行為を防止するのは貴族として当然の務めだし、この辺りの警戒が甘くなっていたという事もあって、逆に申し訳無くなった。

治安回復の為にも、流れ者の盗賊が居た事は後でお兄様に報告しておかないとだね。


盗賊を全員拘束したところで馬車の扉が開き、中から幼い少女と少年が降りて来た。

どちらも銀髪碧眼の超美形。

かなり良い身なりをしている事から、良家の子女であろうと思ったのだが、どうやらそれどころの話では無かった。

お母様が目を見開き、突然膝を突く。

私もとっさにそれに倣《なら》った。

「まさか殿下方の馬車とは存じませんでした」

殿下……?

もしや、このお嬢様とお坊ちゃまは、グレイン殿下の妹君と弟君!?

私は初めてお会いするからお顔を知らなかったけど、お母様はご存知だったようね。

「この馬車はお忍び用のものですから。助けていただき感謝します」

危ないところだった。

侯爵領で王族である殿下達に何かあったら、侯爵家お取り潰しの危機だったわ。

それにしても、何故この方達はこんな所にいたんだろう？


殿下お２人の名前は、お姉ちゃんの方がシリア様、弟君の方がコルン様。

双子で私よりも１つ年下との事。

最初は私も平身低頭の構えだったのだが、瞳をキラキラさせてお２人が、

「お姉様とお呼びしてもいいですかっ⁉」

と懐いて来たので、すぐにお姉ちゃんポジションへと移行した。

「とても凄かったです！　次々に盗賊をなぎ倒していくところとか、格好良かった‼」

「凄い速さでびっくりしました！　とても格好良くて憧れますっ‼」

どうやら私の闘いぶりを馬車の小窓から覗いてて琴線に触れたらしく、もはやヒーロー扱いである。

憧れられるってのも悪くないわね。

「アグリお姉様、あの白い箱もお姉様のゴーレムなのですか？」

「そうですよ。あれは『軽トラ』と言います」

「け、けいとら……なんか痩せ細ってる大型の猫のようで弱そうですね……」

ライオンと違って単独で狩りをするから成功率も低く、意外とほっそりしてたりする……ってそのトラちゃうわ！

軽トラのトラはトラックの略なのよ。

まぁ異世界ではトラック自体が無いから、そんな事言っても分からないよね。

あれ？　でもトラは居るの？

「私、ゴーレムに乗ってみたいです」

「ぼ、僕もっ！」

殿下達がゴーレムに乗りたいと言い出してしまった。

護衛の人達が微妙な顔をしたので、そっと目を逸らす。

でも軽トラの座席には、さすがにお2人を乗せるのは難しいよねぇ。

無理すれば乗れそうだけど……大きめのトラックを召喚しようか？

いや、ここはいっそアレを召喚しよう。

前世でも乗った事は無いけど、動画サイトで見た事だけはある。


「危ないので下がっててくださいね」

私は軽トラを帰還させると、少し離れた場所へ移動して、新たに『召喚』を発動する。

出でよ農家の浪漫！

「『召喚』っ！　『超巨大コンバインハーベスター』!!」

「「「「うわあああああっ!?」」」」

召喚されたのは、海外製の自走式コンバインハーベスターである。

前世の国内でも北の広い大地でしか見られなかった農業用機械だ。

あまりの巨大さに護衛の騎士達も悲鳴を上げていた。

盗賊達は、もはや顔面蒼白。

某漫画でも紹介された、夜間でなければ道路を使った移動も難しいぐらいの巨体なので、皆が驚くのも無理はないと思う。

でも殿下達の目はキラッキラになっていた。

「す、すごーい!!」

「おっきいです！　ものすごくおっきいです!!」

さて、これに乗って行くのはいいけど、殿下達を乗せたらお母様はさすがに乗れないわね。

と思ったら、お母様は私が召喚しておいた自動二輪車をマジマジと観察していた。

「アグリ、このゴーレムは私でも運転出来るのかしら？」

「私の魔力を充填しておけば、私が許可した人は運転が可能です」

「では、私はこれに乗っていきます。殿下達はあの巨大ゴーレムに乗せて差し上げなさい」

どうやらお母様は、巨大ゴーレムより自動二輪車の方がお気に召したようだ。

そっち系か……私のスピード狂はひょっとしたら遺伝かも知れないわね。

お母様ってば、スカートの下にいつのまにか自動二輪車に乗る用のタイトなジーンズをはいてるし。

領主邸を出る前から乗るつもりだったな、これは。

と、ここで護衛の人達が不安そうに話しかけて来た。

「あの～、殿下の護衛の都合上、先程のようなスピードで走られると困るのですが……。盗賊達も引っ張っていかないとですし」

それはそうよね。

コンバインハーベスターはそんなに速度を出すような乗り物じゃないけど、盗賊達を歩かせるとなるとかなり速度を落とさないといけなくなる。

それはとてもヒャッハー出来ない事態ね。

『後部に牽引用の荷台を接続しましょう』

スキルちゃんがそんな提案をしてきた。

コンバインハーベスターにそんなオプションは無かったと思うけど、スキルちゃんの力でカスタマイズしちゃえるって事?

『はい、可能です。ちなみに殿下お2人が座れるように補助席を前後2段にカスタマイズしてあります』

さすがスキルちゃん、仕事が早い。

という事で、トラクターに連結するタイプの牽引用の荷台を召喚して、ハーベスターに無理矢理接続した。

そこに盗賊40人を詰め込んで、落ちないように縄で固定する。

ついでに、馬車があると進行速度が落ちちゃうから、殿下達が乗っていた馬車も何とかする事にした。

私は、新たにコンバインも乗せられるタイプの大型トラックを召喚した。

御者の人が馬に乗れるという事なので、馬車のキャビン（車室）部分だけを大型トラックの荷台に載せる。

そして大型トラックを帰還させれば、擬似異空間収納で馬車を格納しておけるという訳だ。

『農奴』スキル『金剛《こんごう》』の腕力で無理矢理馬車を持ち上げたら、化物を見るような目で見られてしまったけどね……解せぬ。

「こんなスキル、聞いた事もありません……」

護衛の人が呟いてたけど、聞いた事はある筈だよ。

スキル名『農業』だもの……。


よし、準備完了！

私と殿下お2人はコンバインハーベスターに乗り込んだ。

「す、凄い高いです」

「アグリお姉様、このゴーレム動くんですよね？」

「もちろんよ。こいつ……動くぞ！」

ネタはもちろん分かってもらえなかったが、殿下達の顔はワクワクに満ちていた。

いざ出発!

轟音をかき鳴らし、巨大コンバインハーベスターは発進した。


普通型コンバインハーベスター――穀物を刈り取り、脱穀・選別をするための大型農業機械。

日本の米作りが盛んな地域では自脱型コンバインの方が多く見られるので、私としてもそっちの方が馴染み深いけどね。

でも動画サイトで見た、広い大地を疾走する普通型の雄々しい姿は、農家の心を鷲掴みにしてくれた。

あれこそ浪漫よ!


そして今、私の隣で補助席に座る2人の殿下達も、心を鷲掴みにされてしまったようだ。

目をキラキラさせて内装やら、流れていく景色やらを見て興奮している。

サービスで前部オプションを上下させたり開閉させたりしたら、感極まって叫び出した。

「きゃー!　格好良いですわ!!」

「変形したっ!　凄い!　格好良いっ!!」

そうだろうそうだろう。

農機の中でもとびきりの格好良さと収穫量を誇る。

何かオプションを動かしたら、凄く収穫をしたくなって来てしまったわ。

でもこのサイズの機械で収穫するには、先ず農地の基盤整備からしないとなのよね……。

今の侯爵領の農地にこの機械入れようとしても絶対無理だと思うし。

基盤整備か……。

農業に関係あるなら重機も召喚出来るかな？

『ギリギリ召喚出来るとは思いますが、間接的関係なので魔力消費が激しいですし、あまりおすすめ出来ません』

だよねぇ……。

スキルちゃんの言う通り、あんまり無茶な『召喚』は控えた方がいいか。

しょうがないから、木々もなぎ倒せるトラクターで無理矢理開墾するとしよう。


暫く走行していると、次第に殿下達の興奮も落ち着いて来た。

そろそろお話も出来るかなと思って、疑問だった事をお２人に聞いてみる。

「シリア様とコルン様はどうして侯爵領の街道にいたのですか？」

「お姉様、私の事は非公式な場ではシリアとお呼びください」

「ぼ、僕もコルンって呼んで欲しいです。あと敬語も要りません」

ええ〜？

いくらお姉ちゃんポジションでも、王族を呼び捨ては気が引けるなぁ……。

しかし、子犬のような2人の懇願する眼に、抗う事など出来なかった。

「分かったわ。では、シリアとコルン。これでいいかしら？」

「「はい！」」

うむ、可愛い。

妹と弟がこんなに可愛いものだったとは。

前世でも妹がいたような気がするけど、あんまり思い出せないのよね。

お父様とお母様はまだ若いんだし、今からでも頑張ってくれないかなぁ？


それはさておき。

再度、何故あそこを通っていたのかを聞いてみる。

「私達は、アグリお姉様にお会いしに行くところでした」

「え？　そうなの？」

侯爵領に態々何の用かと思えば、目的は私だったと。

でも馬車の進行方向は王都に向かってたよね？

「しかし、道中で魔導具による呼び出しを受けてしまったので、やむなく王都に帰還する事になったのです」

「そっか、じゃあ偶然だけど会えて良かったよね」

「はい。お姉様の勇姿を見られて大満足です！」

「僕も、お姉様にお会い出来て嬉しいです！」

私も可愛い妹分と弟分が出来て嬉しいよ。

って、そうじゃない。

肝心なのは、何の用があったかという事だ。

「でも、何で私に会いに行こうとしてたの？」

「それは……お兄様にもう一度お会いしていただきたくて」

ちょっと待て。

まさか君達、敵だったのか……？

『魔眼』に晒され自分のスキルを詳らかにし、追放されろと？

「先日、お兄様がカルティア侯爵家から帰って来た後は、暫くどこかぼんやりとしていました。虚空を見つめては溜息をついたりと」

『魔眼』の使いすぎによる副作用が出ていたのね。

早々に帰らせて良かったわ。

あれ以上『魔眼』を使い続けたらどうなっていた事か。

シリアとコルンがどれ程の能力を持っているか分からないけど、私はグレイン殿下こそ、この国を統べるに相応しいと思っている。

だから私のスキルバレ云々以前に、殿下にはお体を大切にして欲しいのだ。

もちろん、出来る事なら私は追放されたくないけど。

「ですが、アグリお姉様が侯爵領へ向かわれたと聞き、お兄様はいつになく取り乱したのです」

え？　どういう事？

私が侯爵領へ行く事と、グレイン殿下が取り乱すのが全く繋がらないけど……。

殿下にとって不利になるような何かが侯爵領にあるのだろうか？


『魔眼』……邪麟眼《じゃりんがん》……ヴァン……はっ！

殿下が取り乱した原因は、もしやヴァン!?


王族のスキルは絶対秘匿されるべきもの。

しかし、ヴァンは夢に見る程『魔眼』に憧れているから、何かの拍子に殿下のスキルに気付いてしまう可能性がある。

つまり殿下は、私がヴァンと接触する事を警戒しているのね。

でも既に、私はヴァンに会ってしまっている。

どうしよう……パーリィで殿下に会うのがめっちゃ不安になって来たわ……。

私は先日殿下がいらした時に、『魔眼』については気付いてしまってるんだけどね。

「ですから、もう一度機会を与えてあげて欲しいのです。お兄様の告h……きゃあっ!?」

シリアが何か言いかけた時、急にコンバインハーベスターが加速した。

私は何もしてないから、きっとスキルちゃんが加速させたんだと思うけど、まさか……。

そう思った瞬間、後方で盛大な爆発音が響き渡った。


また襲撃!?

以前王都の空では確実に私を狙っていたが、今回の爆発位置はもっと後方、つまり狙われたのは捕まえた盗賊達を乗せている牽引用の荷台か。

でも私や殿下達を狙うならともかく、盗賊達を狙うメリットって何よ？

ひょっとして、隠蔽しようとした？

つまり、今回の盗賊襲撃には黒幕がいて、殿下達が狙われたのも偶然じゃないって事？


後方をミラーで確認すると、護衛の騎士達は爆発には巻き込まれなかったようで、全員無事だった。

次に確認すべきは、どこから攻撃されたかだけど……。

『左後方の森の中から撃たれたと思われます』

さすがスキルちゃん、敵の位置を捕捉していたようだ。

でもこのコンバインハーベスターでは小回りが利かないし、とても森の中へは入っていけない。

とそこへ、前方を走っていたお母様が異変に気付いて戻って来た。

「アグリ、敵は私が追います。貴方はそのゴーレムで殿下達をお守りしなさい」

「承知しました、お母様」

侯爵家最強のお母様が追うのであれば私の出番は無いだろう。

お母様は自動二輪車のスロットルを一気に回した。

「行くわよ、ルシフェル！　スピードのあっち側まで!!」

ちょっと、私の自動二輪車に勝手に名前付けないで欲しいんですけど……。

あと、スピードのあっち側には行っちゃダメですよ、お母様。

お母様はフルスロットルによって浮き上がる前輪を力で抑え込み、木々が茂る森の中へ突っ込んで行った。

あかん……やはり私のスピード狂はお母様の遺伝だわ。

私は敵から少しでも遠ざかれるように、そのままコンバインハーベスターを走らせた。

私が召喚した農機は頑丈なので、運転席に居れば殿下達は安全だろう。

でも後ろの盗賊達は牽引用の荷台に括り付けられてるだけだから、1発当たればお終いだ。

……と思ったけど、どうやらその心配も無さそうだった。


森の中で複数の爆発音が轟く。

敵がお母様を迎撃しているのだろうが、爆発地点が右往左往している事から全く捉え切れていない事が分かる。

お母様の相手だけで手一杯な敵は、こちらに攻撃する余裕も無さそうだった。

それにしてもお母様凄いわ。

森の中でバイクを走らせるのはかなり難しいだろうに、普通に戦闘をこなしてるし。

時折見えるのは、黒ローブに白い仮面の敵らしい人物と、木々を縫うように走りながら何かを飛ばすお母様。

王都で私を襲って来たのもあいつかな？

敵の放つ火球は、ドローンが攻撃された時のものに酷似していた。


徐々に追い詰められる白仮面。

焦りが見えて、攻撃も精度を欠いていく。

それをお母様が見逃す筈も無かった。


「貰った！」

お母様が右手に氷の槍を生み出す。

それが白仮面に向かって放たれる——と思った瞬間、急激に自動二輪車が減速した。

「なっ!?　どうしたの？　動いてルシフェルっ！　ルシフェルうううううっ!!」

お母様の呼び掛けも届かず、ルシフェ……自動二輪車は沈黙した。

どうやら自動二輪車は充填していた私の魔力が切れてしまったようだった。

ガス欠——ガスじゃないから魔力欠かな？

結局白仮面は何か魔導具を使って消えてしまった。

盗賊達を尋問すれば何か手掛かりが掴めるだろうか？

これもお兄様に報告しとかないとだね。

魔力が尽きた自動二輪車は、再度充填するのに時間が掛かるので一先ず帰還させた。

「ああ、私のルシフェル……」

お母様のではないし、ルシフェルでもありません。

他の農機を召喚するのも面倒なので、お母様にはコンバインハーベスターの運転席の脇にあるデッキに乗ってもらう事にした。

お母様は渋々ながら承諾して、デッキの手すりに寄りかかって黄昏れてしまった。

そんなに自動二輪車気に入ったのか……。

その後は再度の襲撃も無く、無事に王都に到着する事が出来た。

でも到着した途端、すぐに憲兵に囲まれてしまう。

そりゃそうなるよねぇ……これだけ大きな鉄の塊が王都に向かって走って来たら。

停車して、全員一旦降りる事にした。

私達が降り立っても、憲兵達は警戒を緩めない。

と、そこでシリア王女殿下が1歩前に出た。

「こちらに居わすお方は、カルティア侯爵家ご息女アグリ・カルティア様ですよ！　お控えなさい！」

いやそうじゃないでしょ。

私より貴方の方が身分高いんだから、私の名前使うのはおかしいよね？

あっ、お忍びって言ってたし、私も姿を見た事無かったぐらいだから、シリアとコルンの正体が王族だって知られるのは拙いのかな？

本当はお母様の名前でもいいんだろうけど、お母様は今、ルシフェルを失って無気力状態だ。しょうがないから、ここは私が預かる事にしますか……。

「ふふふ、アグリお姉様の威光が増して、よりお兄様に相応しい立場になりますわ」

シリアが何かを呟いていたが、憲兵達の騒《ざわ》めきに掻き消されて聞こえなかった。

☆☆☆☆☆☆☆☆☆

王城の一室、第一王子グレインの私室の扉が勢いよく開かれた。

「お兄様、戻りましたわ！」

「姉様、ノックしないと叱られますよ」

第一王女シリアがノックもせずに扉を開けた事に、弟である第二王子のコルンが諌言する。

グレインは、妹のシリアが急に扉を開ける事には慣れっこなので、さほど驚いた素振りは見せなかった。

しかし、注意はしなければと顔を引き締める。

「シリア。もう君も7歳になったのだから、淑女らしく振る舞いなさい」

「勿論それは心得ております。今ノックしなかったのは私達を呼び戻した事への嫌がらせですから」

あまりにも堂々と嫌がらせと称した為、グレインは呆気にとられてしまった。

「君達を呼び戻したのは、アグリ嬢に余計な事を言って欲しくないからだ。シリアの事だから、また余計なお節介を焼こうとしたんだろうけど、無用だからね。途中で連絡がついて良かったよ」

ふぅ、と溜息をつくグレイン。

何を安堵しているのやらと、鼻息を吐いてシリアは告げた。

「アグリお姉様にはお会いしましたよ」

「な、何だってっ!?」

途中で引き返させたのだから、侯爵領主邸までは辿り着いていない筈なのに、どういう事なのか？

グレインの中で疑問が湧き出す。

「お姉様は王家主催のパーティに参加なさる為、領主邸から王都へ向かって来るところだったのです」

「えっ!?　アグリ嬢はパーティに参加する予定なのか？　侯爵領に居ると聞いていたので、パーティの日時には間に合わないだろうと思ってたが……そうか、こちらに戻ってくるのか」

「既に王都に到着されて、王都中の噂の的ですわ」

「は？　噂の的？」

何故噂の的になるのだろうかとグレインは思う。

確かに見目麗しき少女なので街を歩くだけで誰もが目を向けるだろうが、貴族は普通馬車で移動するものなので顔を見られるとは思えない。

それで噂の的になどなるだろうか？

「ええ。盗賊40人を捕らえて巨大ゴーレムで凱旋したのですから」

「ぶふーっ!!」

「汚いですわ、お兄様！」

「盗賊40人!? 巨大ゴーレム!?」

「私達が盗賊に襲われていたところを助けていただきました。その後で巨大ゴーレムにも乗せてもらいましたわ」

理解し難い言葉が綴られる中で、とても聞き逃せない単語がグレインの耳に残った。

「盗賊に襲われたのか？」

「はい。……あ、これ言っちゃダメなやつでしたわ」

言わなかったところで、後で報告が上がってくるだろうから同じ事なのだが、大人びた言動をしてもまだまだ子供であるシリアには分からなかった。

「だからお忍びなんてダメって言っただろう！」

それから暫くグレインによる説教が続く——かと思われたが、思わぬ反撃を受ける。

「それもこれもお兄様がヘタレだからですわ！」

「な、何だって!?」

「お兄様がちゃんとアグリお姉様に告白出来ていれば、私が余計な世話を焼く事も無かったのですから」

「ぐっ……」

それを言われては何も言い返せない。

「姉様、確かにお兄様はヘタレですが、そうはっきり言っては可哀想ですよ」

「コルン、お前もか……」

味方と思っていた弟からも追撃を受け、もはやグレインの精神は気息奄奄《きそくえんえん》である。

「だから私がアグリお姉様の威光を王都に広めて参りました」

小さな胸を張ってシリアがドヤ顔で兄の方を見た。

「ただ誤算だったのは、『ぜひ王妃に』という声よりも『魔導師団長になって王都を守って欲しい』という声の方が多かった事でしょうか……」

何故か第一王子グレインは、これ以上弟妹達に引っかき回されると全て破談になってしまうような不安に襲われた。

そして次のパーティでこそ、必ず侯爵令嬢アグリ・カルティアに告白しようと決意したのであった。

第五章 『料理』スキル

王都の南側にある教会では、その日『スキル降ろし』の儀式が執り行われようとしていた。

スキル降ろしに使われる水晶球は数が限られる為、王都に複数ある教会で順番に持ち回る事になっている。

そして今日が順番になったこの教会には、錚々《そうそう》たる面子が揃っていた。

王国の南側には各公爵家の領地が並ぶ。

その縮図として王都の南側にもまた、公爵邸とそれに準ずる高位貴族邸が集中していた。

それら貴族の子息子女達が多数、教会へと参じたのである。


その年の公爵家からは２人の娘が儀式を受ける。

１人はアルビオス公爵が息女、メリアナ。

もう１人はキリク公爵が息女、フラン。

いずれも第一王子グレインの婚約者候補である。

先に儀式を受けたのはメリアナであった。

貴族の権威を振りかざし居並ぶ平民達を押しのけて、いの一番に儀式を受けた。

儀式を終え、勝ち誇ったような顔を浮かべるメリアナ。

そのメリアナが手の平を上に向けると、そこから轟々と燃え盛る炎の球が現れた。

教会内で魔法を使うなど暴挙にも程があるが、皆はその炎の光に魅入ってしまっていた。

その炎を見るだけで、いかに強力なスキルを得られたかが分かる。

当然であるが、その炎を何処かに飛ばせば大問題になるので、メリアナはすぐに炎を消した。

ただ強いスキルを得たというパフォーマンス。

誰もがそう思った。

そしてメリアナは帰り際にフランの横を通り、そっと耳打ちする。

「貴方、何か生産系スキルを授かりそうね」

いつもの嫌がらせだと思い、フランは気に止めるつもりもなかった。

しかし、メリアナは不気味に嗤《わら》い、その場を後にする。

フランはその顔が、妙に頭に残ってしまった。


メリアナとは違い、平民を押しのけるような事をしないフランは、じっと順番を待つ。

そしてようやく自分の番が来た。

登壇して水晶球に手を翳すと、視界が歪み、天から何かが降りてくる。

その際、おかしな感覚を覚えた。

何か外部から魔力の干渉を受けたかのような――。

しかし、その違和感が何だったのかまでは、フランには分からなかった。

程なくして儀式が終了し、得られたスキルに感覚を沿わせる。

取得したスキルは――『料理』。

先程のメリアナの言葉を思い出し、教会の入口へ視線を向けるも、もうそこにメリアナの姿は無かった。

――まさか先程の炎は、何かを仕込む為に皆の注意を引きつける目的で!?

その可能性を考えても、もう遅い。

両親にどう話したらいいのかを考えながら、フランは親友の名を口にした。

「どうしよう……助けて、アグリちゃん」

☆☆☆☆☆☆☆☆☆

王都の侯爵邸に帰って来た翌日、私はお母様に呼び出された。

何故かお母様の自室ではなく、庭の方に。

なんとなく察しはつくのだが……。

「アグリ、ルシフェルを貸してくれないかしら？」

やっぱりね。

お母様は農家御用達自動二輪車を相当気に入ってるようだったし、すぐにまた乗りたくなるんじゃないかな？　とは思ってましたよ。

あと私の自動二輪車に勝手に名前を付けないで欲しい。

まぁ魔力は既に充填してあるし、しょうがないから貸してあげますか。

「分かりました。出でよ『農家御用達自動二輪車』！」

……何故か私の声が空しく響き渡っただけだった。

あれ？　何で召喚されないの？

『ご主人様《マスター》。大変申し上げにくいのですが、どうもルシフェルという名を気に入ってしまったようで……』

ちょい待ち。

自動二輪車まで自我を持ち始めたんかい……。

「い、出でよ『ルシフェル』……」

光に包まれて、農家御用達自動二輪車が私達の目の前に現れる。

今度はちゃんと顕現しやがった……。

命名されて嬉しかったのかな?

これからは私もルシフェルって呼ばないといけないの?

などと考えていると、ルシフェルは私が触れてもいないのに、勝手にお母様の方へ移動して行った。

あれ? 今のスキルちゃんが動かした?

『いいえ、私は何もしていません』

って事は、自律走行まで出来るようになったのか……。

まるで尻尾を振っている犬のように、ウィンカーが左右交互に点滅している。

マジで自我が目覚めてるやん。

え? まさか主人である私より、お母様の方に懐いてるの!?

『〝他の農機に浮気するご主人様《マスター》より、名前を付けて可愛がってくれる母君の方がいい〟という思念が送られて来ました』

何ですとー!?

『あと、〝速度制限無しで走りたい〟とも……』

私はお兄様に速度制限を設けられてしまったから、馬より速く走っちゃダメなのだ。

お母様は何の制約も無いし、そりゃそっちの方がいいよね……。

私は地面に両手を突いて項垂れた。

『私はずっとご主人様《マスター》の味方ですよ』

うう、ありがとうスキルちゃん。

それにしても他の農機に乗るのを浮気扱いされるなんて、もしかして自動二輪車以外の農機もいずれ反旗を翻すんじゃないでしょうね？

コンバインハーベスターに襲われるとか勘弁して欲しいわよ。

今後、誰かが私の農機に命名しようとしたら絶対阻止しないと！

お母様はルシフェルに夢中なので、私は侯爵邸の庭を掘り起こした畑に向かう事にした。

本当はもっと広大な土地を農機で耕したいんだけど、王都でのパーリィが終わるまでは庭の畑で我慢するしかない。

しかし、私が畑に向かおうとしたら、行く手を遮るようにルシフェルに乗ったお母様が走り込んで来た。

「アグリ。言い忘れてましたが、これからセヴァスと共に奴隷商館に行って来なさい」

何故奴隷商館なんかに行かないといけないのだろう？

我が侯爵邸でも、奴隷が何人か働いている。

奴隷とは言っても、いくらでも無体な事をしていい訳ではない。

ちゃんと法律に守られていて、いわば自己都合では辞職出来ないだけの労働者といったところだ。

それでも前世のイメージがある私にとっては、ちょっと忌避感があるのだが……。

「お母様、何故奴隷商館へ行かねばならないのでしょうか？」

私は畑を耕すのに忙しいんですけど？

「貴方もスキルを得て、これからは一人前の女性として見られます。侯爵領でヴァンが護衛に付いていたけれど、やはり男性の護衛だけでは色々問題がありますからね。かと言って、侯爵家の私兵には貴方の護衛を務められる程の女性騎士が居ません。今後の事も考えると、強い元冒険者か元傭兵の奴隷を護衛に付けた方がいいでしょう」

それは私も感じてた事だけどね。

侯爵領の宿屋では、ヴァンは男性である事から別部屋を取ったけど、本来であれば同性の騎士が同じ部屋に宿泊する方が望ましい。

更に言えば、差し迫った王城でのパーリィのように、女性控え室が用意されるような場所へは男性の護衛が入れない事もある。

だから女性の護衛というのも必要なのだ。

まぁ私は護衛なんていなくても、大抵1人で何とか出来るんだけど。

『ご主人様《マスター》。奴隷はそのまま無条件に農奴に出来る筈です。有用なスキルを持つ奴隷を配下に置けば、ご主人様《マスター》の使えるスキルも増えるのでは？』

おお、さすがスキルちゃん。

その手があったか。

それに畑を耕すだけじゃなくて種も蒔きたいし、ついでに市場も覗いて来よう。

「承知しました。ではセヴァスと共に行って参ります」

「奴隷商館はフェチゴヤ商会の系列へ連絡してあります。多少高くてもいいですから、セヴァスとよく相談して決めるように」

フェチゴヤ商会は侯爵家によく出入りしている商人で、色々手広くやってるところだ。

そこの商会長は、お父様から山吹色のお菓子を貰って嬉しそうにしてたのが印象的だった。

ちなみに山吹色のお菓子は、サツマイモベースの普通に甘いお菓子である。

そうだ、サツマイモの苗売ってたら買ってこよーっと。

連作障害が起きにくいから、侯爵邸の狭い畑でも育てられるだろうし。

そして奴隷の事を忘れて、軽トラでサツマイモの苗を見に行こうとしたら、セヴァスに怒られた。

☆☆☆☆☆☆☆☆☆

王都の公道を軽トラで走ると、住民達は眼を見開いて二度見する。

しかし、先日盗賊を引き連れて兵舎へコンバインハーベスターで乗り付けた後、帰りは軽トラで侯爵邸まで戻ったので、割と周知されていたのか通報まではされなかった。

そして助手席には、護衛として執事のセヴァスが同乗している。

「これは中々快適な乗り物ですな。これに乗ったらもう馬車に乗れる気がしません」

空調が効いてるので、年配のセヴァスにとってはかなり居心地の良い空間なのだろう。

「ただ、お嬢様が運転している事だけが懸念材料です。ふらふらと市場の方へ行ったりしますし」

ついついサツマイモの苗の事ばかり考えてたからね。

でも今はちゃんと奴隷商館に向かってるでしょ。

「出来れば私が運転を代わりたいのですが、奥様が乗っていたゴーレムのように、これを私が運転する事は出来ませんかな?」

セヴァス、お前もか!

軽トラが名前付けられてセヴァスに懐いたら、また自我が目覚めちゃうじゃないの!

「そ、それは無理ね」

「お嬢様、その汗は嘘をついてる味がしそうですね」

「ほほ、ほら! もう奴隷商館に着くわよっ!」

訝しげに見るセヴァスを無視して、強引に話を打ち切った。

軽トラまで奪われてなるものか。


奴隷商館に辿り着くと、そこには小太りで髪の薄い男性が雅な服を着て立っていた。

「お待ちしておりました、アグリ様。本日はよろしくお願いいたします」

彼こそはフェチゴヤ商会の商会長、ワルダノゥ・フェチゴヤ。

ワルダノゥ商会長は揉み手をしながら、にこやかに笑っていた。

「では、中へご案内します。どうぞこちらへ」

商会長の後に続き奴隷商館の中に入ると、建物内はイメージとは違ってホテルのロビーのように小綺麗だった。

柱が大理石だったり、派手過ぎない程度の上質な芸術品等が置かれていたり、節々にこだわりが見える。

なるほど、商売の上手い人は商品だけでなく、こういった魅せる部分にも気を配っているのね。

前世の農家も、商品として良く見せるためにかなりの農作物を規格外品として処分してたっけ。

見た目悪くても味は一緒だけど、売るとなるとそれなりに見栄えが求められるのよね。

どの世界でも商売ってそういうものなのか。

「では、あちらの応接間でお待ちいただきたいと思います。私が見繕った奴隷を連れて参りますので」

あぁ、そういう購入方法なんだ。

後ろめたい事があるとは思わないけど、お目汚し対策として奥に連れて行かないだけかも知れない。

でもそれも含めて、この奴隷商館ではどのように奴隷を扱っているのかも見ておきたいのよね。

雑な扱いをするような人のおすすめは聞きたくないし。

「私、全ての奴隷を見て決めたいのだけれど、よろしいかしら？」

「そ、それは……」

チラリとセヴァスの方へ確認するように視線を送る商会長。

それに対してセヴァスは、

「お嬢様がそう望まれるのであれば」

と反対はしなかった。

商会長は溜息をつくが、特に慌て繕うようでもなかったので、後ろめたい事がある訳ではなさそうだ。

「承知しました。ただ少々訳ありの奴隷も居りますので、出来ればご容赦いただきたいのですが」

「もちろん心得ております」

合法であろうとも目を背けたくなるような事もあるわよね。

ここは異世界なのだから、前世の常識に縛られてはいけない。

そもそも奴隷を許してる法律がある時点で価値観が違うのだから。

商会長が奴隷達の控えている場所へ私達を案内する。

一段階段を下った事から地下であると思われるが、空調も効いているし、かなり明るくて健全な雰囲気だった。

室内は綺麗で、家具などもそれなりに揃えてある。

さすが一流の商人。

ちゃんと奴隷を丁寧に扱ってはいるようだ。

前世のイメージがあった私は、少し安堵する事が出来た。

しかしいくら綺麗な部屋で生活出来ていても奴隷は奴隷。

皆、鉄格子の向こう側から訝しげな瞳で、こちらをじっと見つめていた。

「ご連絡では護衛となれる強さを持った奴隷をお探しとの事。強い奴隷は需要がありますので、手前側ほど強くなるように配置しております」

なるほど。

需要があるという事は入れ替わりが激しいだろうから、手前側にいた方が合理的だもんね。

「ただ、強い者ほど我が強く、扱いづらい面もあります。ですので、性格と強さのバランスを考えて提案させていただこうと思っていたのですが……」

うーん、私には奴隷の強さとか性格とか分からないし、商会長の提案ももっともだ。

とりあえずの条件としては、強い事と女性である事ぐらいなんだけど……。

私としては有用なスキルを持ってる方が望ましいんだよね。

「奴隷のスキルを教えてもらう事は出来ませんよね」

「法律上、いくら奴隷でも強制的にスキルについて尋ねる事は出来ません。但し、雇ってもらい易くする為に自ら開示している者は例外です。鉄格子に貼ってある札にスキル等について記載されている者がそうです」

なるほど、そういう奴隷もいるのか。

私は順番にスキルが開示されている奴隷を見ていく。

――と、とあるスキルに目が留まり、私はその鉄格子の奥を見た。

そして驚愕する。

そこに居たのは、白髪に犬の耳が生えた獣人の子供達だった。

鉄格子越しに私の方を見つめる二対の瞳。

1人は挑むような眼、もう1人は怯えながらもこちらを観察しているような眼。

私は、2人の可愛らしい白髪獣人の少女達に魅入ってしまっていた。

それと同時に、子供が奴隷となっている事に対する憤りが心の中で高まっていく。

「お嬢様、魔力を抑えてください。奴隷達が怯えております」

おっと、無意識に魔力が高まってしまっていたようね。

屈強な奴隷達ですら緊張によって身構えてしまっているし、すぐ側にいた商会長は腰を抜かしている。

「商会長、申し訳ありません。心得ていると言っておきながら、『子供』が奴隷になっている事で少々取り乱しました。この子達が訳ありでしょうか?」

子供の部分を強調して商会長に話しかけると、商会長は怯えながら首を縦に振った。

「は、はい。元々は他の奴隷商人が、牙狼《がろう》族の村で忌み子として扱われていたところを買い取ったらしいのです。そして高位貴族が珍しいからと購入したのですが、その後スキル降ろしでハズレを引いたという事で、こちらで何とかしろと押し付けられました」

子供の奴隷は一応違法では無い。

口減らしとして仕方無く奴隷商人に売り渡す事もあるという。

それでも貴族に買われるのであれば、幼いながらも働かなくてはならないが食うには困らなくなる

ので、必ずしも悪い事とは言えない。

この世界では当たり前の事なのだけれど、やはり前世の知識がある私としては抵抗があるわね。


それにしてもおかしな事を言う。

このスキルがハズレ？

どう見ても戦闘系最強クラスのスキルですけど？

「商会長、今のお話で少々疑問に思う部分があったのですが。このスキルはハズレなのですか？」

「どちらも無詠唱で発動した事から、生産系スキルに分類されると判断されたようでして……」

生産系スキルは確かに無詠唱で発動出来るものだけど、普通に戦闘系スキルでも無詠唱が可能な場合もある。

お父様は魔術師系スキルでありながら、普通に無詠唱だし。

この子達も、実は才能があるから無詠唱で発動出来ちゃったんじゃないかしら？

だとしたらとんだ拾いものよ。

それに恐らく、直接的に相手にダメージを与える系統じゃないから、戦闘系ではないと思われたのかもね。


と、私と商会長が話していると、鉄格子の向こうから獣人の少女が話しかけて来た。

「なぁ、あんた。わたし達を買ってくれないか？」

挑むような眼で見て来ていた、勝ち気そうな少女だ。

まぁこの子達は是が非でも購入しようと心に決めたけど、一応話はしてみようかな。

「貴方達を買えとおっしゃるの？」

「ああ。何でもするから、買ってここから出してくれ」

何でもする、ね……。

こんな少女がそこまでして出たいと願う理由は何？

ここの生活は鉄格子の中とはいえ、そこそこいい暮らしをしているように見えるけど、獣人の血でも騒いで外を駆け回りたくなってるのかしら？

「何でもするなんて、軽々しく言うものではないわよ。何かここから出たい理由でもあるのかしら？」

私が問うと、少女は私と視線を合わせたまま目つきを鋭くする。

「復讐だ」

あら、穏やかじゃないわね。

「わたし達姉妹を奴隷に落とした牙狼族の奴らに復讐してやる。1人残らずぶっ殺してやるんだ！」

あー、あるある。

狭い社会でつまはじきにされてると、全てが憎くなっちゃうよねぇ。

前世でも村八分なんてものがあったし。

まぁその村八分にされた奴、動画配信者になって村の総収入より稼いでたけどね。

ネット社会なら狭い地域に拘る必要無いけど、この世界ではちょっと難しいか。

でも……、

「くだらないわね」

「なんだとっ!?」

私の言葉に獣人の少女が噛み付いてくる。

実際に噛み付かれてる訳じゃないけど、いまや自分の全てを懸けているであろうものを否定されたからか、凄い剣幕で私を睨んでいる。

でも私もやめないよ。

「貴方はその牙狼族が嫌いなのでしょう?」

「当たり前だ!」

「なら、どうしてそいつらの思い通りになろうとしてるの?」

「はぁ?」

「牙狼族は貴方達に不幸になって欲しいから奴隷に落としたのでしょう? そして貴方達は復讐なんていうくだらない事に時間を費やす事で、せっかくの人生が不幸なものになってしまうわ。つまり、その馬鹿共の思い通りになってるのよ。実にくだらないと思わない?」

少女は私の言った事に驚きの表情を浮かべ、そして少し俯いて考え始めた。

存外血の気が多いのかと思いきや、ちゃんと人の話も聞くのね。

そしてもう1人の獣人の少女は、すぐに私の言った事を理解したようで眼を瞬かせていた。

さて、もう一押し。

「貴方達には復讐なんてくだらない事に時間を費やさないで欲しいわね。幸せになってやる事こそ真の報復なのだから。私の下で幸せになると誓えるなら、貴方達を購入してあげるわ」

さて、それでも復讐を望むと言った場合はどうしようかな？

少女達はお互いを見つめ合って、目だけで会話しているようだった。

暫く待つと、一緒に頷き私の方へと向き直る。

「復讐はやめる。あんたの下で幸せになると誓うので、買ってください」

ふむ、良き返事だ。

「という事なので商会長、こちらの2人をお願いします」

商会長は、何やら頬を染めてこちらを見ていた。

そして恭しく頭を下げる。

「承知致しました」

商会長、何かおかしな目でこちらを見つめてたんだけど、どうしたんだろう？

まるで何かに魅了された狂信者のようでちょっと怖いよ……。

あんまり深く追及したら藪蛇出そうだから、ほっとくけどね。

さて、2人の少女の名前を聞いておかないと。

「貴方達、お名前は？」

「わたしはヤンだ」

「わたしはマーなの……」

ふむ、どこかで聞いた事あるような名前ね。

どこだったかな？

すると今まで何も言わなかったセヴァスが口を挟む。

「お嬢様、今日は護衛になる奴隷を買いに来たのですが？」

あぁ、お母様にセヴァスとよく相談するように言われてたけど、結局私1人で勝手に決めてしまったわ。

でも子供が奴隷として売られてるのを見たら、見過ごせないじゃない。

「この2人でいいでしょう？　セヴァスが稽古を付けてくれればきっといい護衛になるわ」

「……はぁ。これは何を言っても聞かない感じですね。承知しました。不肖このセヴァス、ヤン嬢とマー嬢を鍛えさせていただきます」

うん、やっぱりどこかで聞いた名前だ……。


「ではこれで契約完了となります」

商会長が魔導具で私と獣人の少女達の手の甲に印を押す。

印はすぐに消えたが、同時に何か繋がりのようなものが体の奥に刻まれたのが分かった。

これが奴隷契約――私のスキルによる『農奴』とはまた少し違った感覚だわ。

繋がりとは言っても強制力がある訳じゃない。

でも奴隷が不誠実な事をした場合は主にそれが伝わってしまい、清廉潔白とまではいかずとも、従順に尽くしていなければ主からの信頼を損なうという仕組みだ。

もっともそれは主側も同じで、法律に則って奴隷を扱わない場合は奴隷側から訴える事も可能である。

まぁ貴族の中にはそれすらも揉み消してしまう奴もいるけどね。

このヤンとマーにしたように。

一応、彼女らを手放したという貴族について商会長に聞いてみたんだけど、

「申し訳ありません。それにお答えする事は出来ません」

と言われてしまった。

その言葉の裏を取れば、私よりも立場が上の貴族なので答えられないという事だろう。

侯爵より上なんて公爵か王族しかいないじゃないのよ。

そんな事をする者が王族内にいたら、国王陛下がそれを許さないだろう。

なので三大公爵のうちのいずれかなんだけど、まぁ考えるまでも無いわね。

私の親友フランちゃんの家であるキリク公爵家は絶対にそんな事はしないし、レコンギス公爵家も武士のように規律を守る気骨ある貴族なのでありえないと思う。

まぁ消去法でアルビオス公爵家しかないわ。

あそこのメリアナ嬢は私の事を目の敵にしてるから、あんまり近づきたくないのだけど、そこが手放したヤンとマーを護衛に付けてたら、きっとまた絡まれるだろうなぁ。

憂鬱……。


とりあえず奴隷は購入したんだし、用は済んだ。

私は商会長にお礼を言って商館を出る事にする。

「商会長、かなり安くしてもらったけど良かったのかしら？」

「はい。先程も申しました通り、訳ありの奴隷でしたので。引き取っていただけてありがたいぐらいです」

「そう。ならお互いに良い取引だったわね。今度、山吹色のお菓子をお持ちするわ」

「おお、それはとても楽しみです。私あの菓子が大好物でして。単純に砂糖だけで作った菓子には、あのまろやかな甘みは出せませんからね」

商会長の為にも、サツマイモの栽培を成功させないとね。

先ずは市場で苗を探さないと。


私達は、ヤンとマーを連れて商館の外へ出た。

駆け足で先に出たヤンとマーは、何かを探すようにキョロキョロと辺りを見回し始めた。

「あれ？　お嬢様、馬車が無いぞ」

「歩いて帰るのです？」

「これに乗って行くのよ」

私が軽トラを召喚すると、ヤンとマーはこれでもかと眼を見開いて驚いていた。

「な、なんだこの白い箱っ!?　鉄で出来てるのか?」

「これに乗るですかっ?」

「これは私のゴーレム――みたいなものよ。私とセヴァスは前に乗るから、悪いけど貴方達は後ろの荷台に乗ってね」

大きいトラックは街中じゃ走れないから、申し訳無いがヤンとマーには荷台に乗ってもらう事にした。

すると、ヤンとマーは、何やら鼻をクンクンと動かして周囲の臭いを嗅ぎ始めた。

そして少し悲しそうな顔をする。

「お嬢様、わたし達は奴隷だからあんまり文句は言えないけど……。もうすぐ雨が降るから、出来ればこの白い箱の後ろにも屋根付けて欲しいぞ」

「あと5分で降るの」

え?　ほんとに?

そういえば心なしか、遠くの雲が少し黒っぽくなってるような気がする。

軽い気持ちで荷台にって言ったけど、雨が降るのなら悪い事をしたわね……じゃなくて、ちょっと待って。

「貴方達、天気が予測出来るの!?」

「うん。わたし達は牙狼族の中でもとびきり鼻が利くからな。雨や風の臭いで天気の変わり目が分かるぜ」

「暫く同じ地に止まってれば、1週間ぐらい先の天気も分かるようになるの」

そんな感じのスキルじゃなかったのに、野生の勘がもの凄く優れているのだろうか？

分単位で天気を予測出来るなんて、農家にとってはとても有用な能力じゃないの。

この2人、実はかなり凄いのでは？

まぁ、天気を操れる私にはあんまり関係無いけどね。

「『稲刈り日和』！」

私がスキルを発動すると、雲は瞬く間に散って行き、空は稲刈りに最適な快晴へと変わった。

「んなっ!?　急に天気が変わった!?」

「雨雲の臭いが消えていったの……」

「お嬢様、今何かやったのか!?」

「ちょっとスキルで天気を操っただけよ。これで晴れたから大丈夫よね」

「天気を操るって……いったいどんなスキルなんだよ」

『農業』スキルですが何か？

★★★★★　ヤン視点　★★★★★

わたしの名前はヤン。

牙狼族の村長の孫として生まれた。

双子の妹の名前はマー。

ちょっと臆病な性格で、いつもわたしの後ろに隠れている。

わたし達の両親は、わたし達が生まれてすぐに魔物の氾濫で命を落としたそうだ。

何故か牙狼族の村人達は、それをわたし達のせいにした。

「白髪はやはり不吉だ！」

「忌み子に違いない！」

「村長、そんな子供達早く村の外に捨てろ！」

でも祖父である村長はわたし達姉妹を捨てずに育ててくれた。

村中の非難から、わたし達を守ってくれていた。

そして、わたし達に関する秘密を教えてくれた。

もうこの村では村長以外誰も知らない秘密。

「白髪は決して災いをもたらすものではないよ。それは王となる者『フェンリル種』の証なのだから。

でも、この事はお前達が力を身に付けるまで、絶対に誰にも言ってはいけない。必ず悪用しようとする者が現れるからの」

「うん、分かった」

「はいなの」

大人になって誰にも負けない力を身に付けたら、王になって皆を見返してやろうと思った。

でも、それは叶いそうに無かった。

再び魔物の氾濫が起こり、わたし達を庇って祖父も帰らぬ人となった。

わたし達を保護する者が居なくなったのをいいことに、村人達はわたし達を奴隷商人に売り渡してしまった。


奴隷となったわたし達はある貴族に買われる。

傲慢で我が儘な女の子がわたし達の最初の主となった。

わたしもマーもその女の子がとても嫌いだったが、逆らう事も出来ないので、言われるがまま過ごすしか無かった。

ある日、女の子が別の奴隷を連れて来た。

そいつは何か不気味な雰囲気の奴隷だった。

「この白い犬達にスキル降ろしをするから、お前の能力でスキルを強化して」

「しょ、承知しました……」

わたしと妹は訳も分からないままに、教会に連れて行かれてしまう。

そこで『スキル降ろし』という儀式をやらされた。

本来は獣人には行わない儀式らしく、女の子が権力を使って無理矢理やらせたらしい。

スキル降ろしは何か不思議な感覚だった。

今まで感じた事のない、天から力を与えられるような感覚。

「スキルはどうだったの？」

「も、申し訳ございません。この２人は魂の力が強すぎて殆ど干渉出来ませんでした」

「はぁ？　使えないわね」

女の子は大層ご立腹だった。

「まぁいいわ。スキルを使ってみなさいよ」

誰にも教わっていないのに、不思議とスキルの使い方は分かった。

そして、あまり有用ではないスキルである事も理解出来てしまった。

わたしのスキルは『重力』――物を20～30kg程重く出来るだけ。

『身体強化』を使われたら殆ど感じ無い程度の重さだろうと思う。

せっかくスキルを得たけど、全然強くなれた気はしなかった。

わたしのスキルを見た女の子にも、

「何それ、しょぼ」

と馬鹿にされてしまう。

そして、妹のは『瞬間移動』という一見凄そうなスキルだった。

しかしそれも１ｍ程移動出来るだけで、自分以外の人間を運んだりは出来ないらしい。

当然の如く、女の子には馬鹿にされてしまった。

「こんな使えない奴隷要らないわ。処分しましょう」

そう言われた時、なんとか自分の価値を示そうと、わたし達が『フェンリル種』である事を女の子に伝えようとした。

でもそれを、妹が止めた。

「それは言っちゃダメなの」

結果として、私達は捨てられた。

私達を連れて来たのとは別の奴隷商に引き取られる事になってしまった。

「なぁ、マー。何であそこで止めたんだよ？」

「あそこで価値を示したら、ずっとあの嫌な女の子の奴隷だった。それよりも捨てられて、新しいちゃんとしたご主人様に拾ってもらった方がいいの」

「なるほど。それもそうだな」

妹のマーは臆病なだけかと思ってたけど、けっこう強かな面もあるんだと初めて知った。


それから暫く経って、わたし達は一緒に居たいと思えるような女の子に出会う。


「くだらないわね」

その女の子はわたしの『復讐』という言葉を一蹴した。

最初は頭に来たけど、話を聞いてるうちに自分の方が愚かしい事に気付いた。

復讐とか言っておきながらも、あんな牙狼族の奴らには二度と会いたく無いと思ってた事を見透かされてたみたいだ。

確かにこの女の子の言う通り、あいつらの思い通りになってやる方が嫌だ。

そして、この女の子の下でなら、わたしは奴隷になってもいいと思えた。

妹のマーと視線を合わせると、マーも同じ気持ちである事が分かった。

同時に頷き、わたし達はその女の子の奴隷になる事を決めた。


女の子は護衛の人に『お嬢様』と呼ばれていたので、わたし達もそう呼ぶ事にした。

お嬢様は何か不思議な人だ。

白い鉄の箱みたいなゴーレムを召喚出来るし、天気まで操る。

きっと、わたし達のスキルとは比べものにならない強力なスキルを持っているに違いないと思った。

そのお嬢様が私達をゴーレムの荷台に乗せて最初に向かったのは、何故か市場だった。

そこで『サツマイモの苗』を探して買っていた。

何で貴族のお嬢様がイモ――しかも苗なんて買ってるんだろう？

「これで育てたサツマイモで山吹色のお菓子を作るのよ」

何言ってるのか全然分からなかった。

貴族なのにイモ育てるのか？

訳分からな過ぎて、お腹が減ってきた。

「お嬢様、お腹空いた……」

「わたしもお腹空っぽなの……」

わたしとマーが眼で訴えると、お嬢様はどこからか食べ物を出してくれた。

それは『おにぎり』というものだった。

わたし達牙狼族は、穀物よりお肉の方が好きなんだけどなぁ……なんだこれ、めっちゃ美味!!

こんなに甘みのある穀物食った事ないんだけど！

周りに巻いてある海苔とかいう黒いのも、パリパリしててめっちゃ美味い！

わたしとマーは、夢中で貪った。

「「おかわり！」」

「ダメよ。屋敷に帰ったらご飯があるから、これ以上は我慢して」

「「むぅ……」」

確かにお嬢様の言う通り、今食べちゃうとせっかくのご飯が食べられなくなりそうだ。

それにしても、穀物がこんなに美味いなんて知らなかった。

と、お嬢様が何やら護衛の人に内緒でこっそりとわたし達に耳打ちして来た。

「私の『農奴』になって農業やれば、もっと美味しい食べ物が食べれるわよ？　本当は強制的に『農奴』に出来なくも無いんだけど、それは貴族として――いや人としてやっちゃいけない事だから。一応意思確認をね」

「美味しい食べ物って、穀物か？　わたしは肉の方が好きなんだけど」

「わたしもお肉の方が好きなの」

「大丈夫よ。農業には酪農もあって、牛や豚を育てて美味しいお肉にする事も出来るから」

それを聞いたわたしと妹に、否という答えなど存在しなかった。

「『農奴』になります！」

『農奴』って何なのかよく分からないけど、お嬢様なら信じられるし。


わたしと妹のマーは、お嬢様のスキルによって『農奴』というものになった。

そして『農奴』になった瞬間、わたしとマーの中にある『フェンリル種』の能力が覚醒した。

☆☆☆☆☆☆☆☆☆

サツマイモの苗を市場で手に入れてホクホク顔で侯爵邸に戻ると、農家御用達自動二輪車《ルシフェル》に跨がったお母様が出迎えてくれた。

お母様は、サツマイモの苗を見て少し怪訝な顔を見せる。

更にヤンとマーを見て眉間に皺が寄った。

これアカン奴やない？

「さてアグリ、説明してくれるかしら？」

「な、何をでしょうか……？」

「貴方は護衛となる奴隷を購入しに奴隷商館へ行ったのでしたよね？」

「はい」

「その購入した奴隷はどこにいるの？」

これ、分かってて聞いてるよねぇ。

お母様、はっきりとヤンとマーを見て言ってるもの。

「この獣人の少女達がそうです。即戦力とはいかないまでも、セヴァスに鍛えてもらえれば立派な護衛になれる潜在能力はあります」

「潜在能力ね……」

お母様はボソリと呟いた後、ヤンとマーに向かってかなり強めの魔力を解放した。

「ぐっ！」

「うぅっ！」

歯を食いしばってお母様の魔力圧に耐えるヤンとマー。

でも農奴になった時に、何故かヤンとマーの持つ魔力が『増強《ブースト》』の力を超えて爆発的に増大したので、たぶんあれぐらいなら耐えきれる筈だ。

程なくして、お母様は魔力を引っ込めた。

「まぁいいでしょう。確かにそれなりの素質はあるようです。暫くはセヴァスの下で修行に励みなさい」

「「は、はい！」」

とりあえずお母様に認められたようで、良かった。

ヤンとマーも安堵した表情を見せている。

では奴隷問題も解決した事だし、私は農作業へと……、

「お待ちなさいアグリ。その手に持っている袋は何ですか？」

行く事は出来なかった。

やっべぇ。

どうやって誤魔化そう。

「えぇと、これは……花です。綺麗な花が咲くので庭の花壇に植えようかと思いまして」

実際は庭の畑に植えるんですけどね。

更に言えば、綺麗な花が咲くサツマイモは生育が悪いサツマイモなので、花を咲かせるつもりは無いんですけどね。

そこでセヴァスが一言。

「店主は食用と言ってた気がしますが」

余計な事言うんじゃありません！

それに対し、お母様がはぁと溜息をつく。

「アグリ」

「は、はいっ！」

「私のお願いを聞いてくれるなら、今後もそれを見逃してあげましょう」

えっ？

もしかして、お母様は私が農業やろうとしてるのを知っている？

いやいや、そんな筈は無い。

もし知られていたら、とっくに侯爵家を追放されてるだろうし。

恐らく、私の奇行を見逃す的な意味だと思う。

奇行って思われてるのもちょっと来るものがあるけど……。

「お願いとは何でしょう……？」

「ルシフェルを私にちょうだい」

いつか言い出すとは思ってたけど、マジっすか？

「お母様、ルシフェルは私からの魔力供給が無いと動かな……」

あれ？

そういえばお母様が今ルシフェルに跨がってるけど、ちゃんとエンジンが動いてる。

お母様はルシフェルに執着してたから、私が出掛けてる間中乗ってただろうに、どうしてまだ私が充填しておいた魔力が残っているんだろう？

何かがおかしい……。

「お母様、ルシフェルを動かす為の魔力はどうしたのですか？」

「魔力が尽きたみたいだから、私の魔力を供給したら動くようになったわ」

何で？

私の魔力しか供給出来なかった筈なのに……。

それについてスキルちゃんが呟く。

『どうやら農家御用達自動二輪車《ルシフェル》は、母君の魔力からも充填出来るように自ら進化したようです』

進化って、もうゲットされちゃってるって事？

『名称も〝ルシフェルズ・ハンター〟に変更されました』

農家御用達のスーパーな自動二輪車が、ハンターな自動二輪車になったんかい！

形状もスリムになってるし。

確かに根本的な機構は一緒かも知れないけど、それって農業で使ってる人あんまり居ないと思うんですが……。

うーん、なんかもう、どうでも良くなってきちゃった。

「承知しました。ルシフェルはお母様にお譲りします」

「ありがとうアグリ。やったわね、ルシフェル！」

お母様が嬉しそうなので何よりです。

私は遠くを見つめながら、侯爵邸の庭の畑へと歩を進めた。

ふと、軽トラを出したままだった事を思い出し、振り返ると、セヴァスが軽トラにそっと手を添えていた。

「セヴァス、何をしているの？」

「この白い軽《トラ》ゴーレムに私の魔力が供給出来るかな？　と思いまして」

やめてえええぇぇっ!!

☆☆☆☆☆☆☆☆☆

数日経って、ヤンとマーも大分侯爵家に馴染んで来た。

「ヤンちゃん、マーちゃん、天気の予測教えて」

「昼過ぎから雨だな」

「でも午前中はお日様が出続けると思うの」

「ありがとー。じゃあ午前中だけ洗濯物干す事にするわ」

メイドのミーネが、ヤンとマーから天気を聞いて洗濯場へ駆けて行った。

2人の天気予測は恐ろしい程よく当たる。

それを知った執事やメイド達が、ちょくちょく天気を聞きに来るようになったのだ。

まぁこの世界では天気を予測する術が無いもんね。

それを正確無比に当てるとなれば、重宝されるのも当然の事だろう。

残念ながらこの能力はスキルによるものじゃないらしく、『農奴』スキルで再現する事は出来なかった。


そしてヤンとマーは正式な護衛となる為に、毎日セヴァスに稽古を付けてもらっている。

今日もサツマイモ畑の雑草抜きを終えた後、稽古が始まった。

「くらえっ！」

ヤンがセヴァスの足下に『重力』スキルを展開した。

しかしそれをセヴァスは素早く横へ移動して躱す。

その先にマーが待ち構えていてセヴァスを攻撃するが、それも全て受け流されてしまった。

今度はセヴァスの攻撃が繰り出され、それをマーは『瞬間移動』スキルで後方に移動して躱す。

それをセヴァスが追撃し、マーは徐々に防戦一方になっていく。

結局ヤンとマーはそのままセヴァスの猛攻を防ぎきれなくなって、降参してしまった。

それでも数日前はセヴァスに触れる事すら敵わなかったのだし、動きは格段に良くなっていると思う。

ただ、ヤンとマーは身体能力は高いけど、スキルの扱いにまだ慣れていないように見えた。

「2人とも、せっかく凄いスキル持ってるんだから有効に使わないと。ちょっと私がやってみせるわね」

私はセヴァスと向き合って構えを取る。

セヴァスは私が何をするのか楽しみだと言わんばかりに笑みを浮かべて、攻撃を仕掛けて来た。

高速で迫るセヴァスの拳に向けて、横方向から奴隷スキル『重力』を使い、手で払うようにしていなした。

セヴァスは驚きに目を見開くも、素早く体を反転させて逆側の拳を突き出して来る。

そこで『瞬間移動』を発動。

セヴァスの脇下辺りに背を向けた状態で現れ、そのままセヴァスの腕を取って背負い投げた。

セヴァスが空中で身を捻ったので投げは決まらなかったが、スキルの使い方はヤンとマーに見せる事が出来たと思う。

「2人ともスキルを使う時に向きを意識してみて。ヤンは下向きだけじゃなくて、横向きに『重力』を使う事で敵の攻撃をいなす為に使える筈。マーは転位先で自分の向きを変える事によって、避けるだけじゃなく即カウンターに入る事が出来るわ」

「「なるほど」」

と、調子に乗ってヤンとマーにスキルの使い方を教えた訳だが、当然セヴァスが訝しむ。

「お嬢様、何故ヤン嬢とマー嬢のスキルを扱えるのですか？」

あ、やっべ……。

そりゃそうよね。

他人のスキルが使えるなんて、かなりヤバい事だし。

「わ、私のスキルは優秀だから、擬似的に再現する事ぐらい訳無いわ」

嘘は言ってないし。

スキルちゃんは優秀だもの。

『恐縮です』

セヴァスのジトっとした目と視線を合わせないように、私は顔を逸らす。

とそこへ、進化したルシフェルに乗ったお母様が颯爽と現れた。

「アグリ、そろそろ王城へ行く準備を始めなさい」

「あっ、はい」

とうとう今日は、王城でのパーリィの日になってしまった。

結局グレイン殿下に対する策は何も無いままだ。

前回お会いした時もスキルバレはしなかったんだし、まだ私の魔力量の方が多い筈だから大丈夫とは思う。

殿下の『魔眼』が邪麟眼《じゃりんがん》に覚醒してなければね……。

☆☆☆☆☆☆☆☆

今日の装いは淡い水色のドレスをベースにコーディネートされている。

メイドのミーネが妙に気合いを入れて着飾ってくれた。

正直最近は農作業着の心地よさに目覚めてしまっているので、ドレスは何か落ち着かない。

今度フェチゴヤ商会に、朝ドラヒロインみたいなオーバーオールを発注しようっと。

「今日こそ勝負の日ですから、ちゃんと殿下と向き合ってくださいね」

ミーネが眉を釣り上げて厳重注意するように言って来た。

勝負の日かぁ。

つまり逃げる事は許されないと……。

「分かったわ」

私は殿下の『魔眼』に負けないように静かに魔力を高めた。


王城の周囲は強固で高い外壁に守られている。

その入口である巨大な門には華やかな飾り付けがされて、多くの貴族達を出迎えていた。

馬車でその門を抜けても、王城まではまだまだ距離がある。

しかし、その道程には色とりどりの花が咲いていて、決して退屈はさせなかった。

護衛見習いとして随行しているヤンとマーも、その花達を見て興奮していた。

「あの花の蜜、美味いんだよな」

「あの花の花びらは、お肉の味がするの」

そっちかぁ……。

まぁ楽しそうだから、いっか。


暫くして王城に辿り着く。

馬車を降りて、ここからは広い王城内を徒歩で行く事になる。

ファンタジー世界だと王城はかなり荘厳なイメージで描かれるけど、現実でそんな造りになっているのは謁見の間だけで、パーリィが開かれる会場は多人数が入れる体育館の様な構造になっていた。

一応それなりに飾り付けはされているが、どうしても前世の学園祭のように見えてしまう。

まぁこの世界の貴族達にとってはそれが普通のようで、私も以前はそういうもんだと思ってたのよね。

前世の記憶が戻った今では、違和感しか無いけど。

「うわぁ、何これ。どう見ても学園祭じゃない」

ふと、どこからかそんな声が聞こえた気がした。

しかし、既に多くの貴族達が入場していて、その声の主を探す事は出来なかった。

学園祭って聞こえた気がしたけど、気のせいかな？

この世界でも学園はあるけど、そういった祭のような事はしていなかったと思う。

私は気になって、周囲をキョロキョロと見回した。

「どうかされましたか、お嬢様？」

セヴァスに問われて我に返る。

前世の記憶に関する事を言う訳にいかないし、別に接触する機会が無ければ放っておいても問題無いか……。

「いえ、ちょっと知人を探していただけです」

そういえば親友のフランちゃんの姿が見えないなぁ。

彼女は公爵家の令嬢なので、必ず王家主催のパーリィには参加する筈なのに。

何か用があって遅れてるのかな？

結局フランちゃんを見つけられないまま、パーリィは始まってしまった。

会場の中で、一段高くなっている壇上に王族の方々が現れる。

あぁ、あの壇が体育館にあったやつに似てるから、尚更体育館っぽさが増してるのか。

「あの壇、学校の体育館にあったやつみたい」

またどこかでそんな声が聞こえた。

いったい、どこから聞こえてるんだろう?

その声が気になって、国王陛下の話が全然耳に入って来なかった。


と、急に貴族達がざわめき始めた。

貴族達は皆、視線を王族達の居る壇上へ向けている。

何を見ているのかと思いそちらに目を向けると、見知った子供が2人いつの間にか登壇していた。

「初めまして。私は第一王女シリア・ベジティアです。以後よろしくお願いいたします」

「初めまして。僕は第二王子コルン・ベジティアです。よろしくお願いします」

シリア殿下とコルン殿下のお披露目だった。

このパーリィは殿下達の為に開かれたものだったのね。

なんだ、メイドのミーネが『勝負の日』とか言うから、グレイン殿下が私のスキルを看破する為に開催したものだと思って、変に緊張しちゃってたわよ。

シリアとコルンが主役なら杞憂だったわね。

国王陛下の少し長めの話も終わり、漸く会食が始まる。

新たにお披露目された王族であるシリアとコルンに、誰もが挨拶に行こうと目を光らせていた。

だが、貴族には序列というものがある。

まず最初に挨拶するのは、貴族の中で最も位の高い公爵家からであろう。

「お姉様っ！」

こらこら、公爵家の挨拶躱して突進してきちゃダメでしょう、シリア。

あと一応公式の場なんだからお姉様もダメよ。

私は人差し指を立てて口元に当てる。

それを見たシリアがハッと気付いた表情を見せた。

うーん、私を慕ってくれる余り、ついついやっちゃったんだと思うと、可愛くて叱れないわ。

もしあれを態《わざ》とやってたんだとしたら、あざと可愛過ぎる小悪魔ちゃんだよ。

まぁそんな事は無いと思うけど……。

しかし、つい漏らしてしまったシリアの言葉に、周囲の貴族達はざわめき始める。

「シリア殿下がお姉様と呼んだ？　どういう事だ？」

「血縁ではあるまい。あれはカルティア侯爵家の令嬢だぞ」

「でも、確かに殿下はお姉様と言っていたわ」

「まさか既に第一王子殿下との婚約が内定していたのか？」

パーリィの場は騒然となってしまった。

どうすんのよこれ？

私はジトッとした目をシリアに向ける。

するとそれを受けたシリアは「てへっ」と言わんばかりに小さく舌を出してウィンクした。

あざと可愛い！

残念ながら、暫く会場内は静寂を取り戻す気配は無さそうだった。


そこへ大きな声でシリアとコルンに話しかける人物が現れる。

「お初にお目にかかります！　レコンギス公爵の長女アンディと申します！　お見知りおきを!!」

周囲の貴族はその声に圧倒され、ざわめきが少し収まった。

アンディ・レコンギス――確か私より２つ年上の公爵令嬢である。

身長はかなり高く、少し日に焼けた肌がブロンドの髪とマッチして、とてもワイルドに見える。

当主であるレコンギス公爵は、剣技で右に出る者は居ないと言われる程の剣豪であり、その娘もまた剣の道を邁進していると聞く。

身分的に彼女が一番にシリアとコルンへ挨拶するのは当然だろう。

しかし、いつもいの一番にしゃしゃり出るアルビオス公爵家の令嬢が見当たらないのは妙だなぁ。

親友の公爵家令嬢フランちゃんも居ないし、そうすると次に挨拶するのは侯爵家令嬢の私？

今回のパーリィは子供主体で開かれているので、付き添いに大人も交じってはいるが基本的に傍観者である。

それでも貴族界の縮図として、子供であっても貴族位を無視した行動は慎むように皆躾けられている。

もっともアルビオス公爵家のメリアナ嬢は、最高位の公爵家ではなかったとしても、いの一番にしゃしゃり出て来そうだけど……。

私も2人の殿下の前へ行き、頭を垂れる。

「シリア殿下、コルン殿下。カルティア侯爵家の長女アグリです。今後ともよろしくお願いいたします」

「先程は失礼しました、アグリ様。これからも仲良くしてください」

「アグリ様。僕も仲良くしていただきたいです」

「ええ、勿論です」

一先ず2人に挨拶を終えたので立ち去ろうとすると、シリアとコルンの後ろに居たグレイン殿下に呼び止められた。

「アグリ嬢、少しいいでしょうか？」

回り込まれた。

殿下からは逃げられない。

そして貴族達がまたざわめき始めた。

「グレイン殿下、先日は失礼致しました。お体の方はいかがですか？」

「え、ええ。問題無いですよ……」

やはり今日も挙動が怪しい。

私が殿下の顔色を覗おうとジッと見つめると、殿下は僅かに頬を赤らめて顔を逸らしてしまった。

熱があるように見えるけど、本当に大丈夫？

と、何故かグレイン殿下はシリアに蹴りを入れられていた。

あれ？　兄妹仲悪いのかな？

「お兄様、しっかりなさいませ」

「わ、分かっているよ」

その様子をコルンは少し離れたところで呆れたように見ている。

王族の兄弟関係って、継承権とかの問題があるから複雑なのだろうか？

シリアに促されて、グレイン殿下が再度私に話しかけてくる。

「ここでは少し話しにくいので、向こうのテラスへ移動しませんか？」

パーリィで追放とか、前世の小説なんかでは定番だったけど、さすがに現実では侯爵家としての立場を慮ってくれるという事か。

もしや、既に殿下の『魔眼』は私のスキルを看破出来るレベルに達してる？

これは覚悟を決めねばならないか……。

いざとなれば、いかに『農業』スキルが優秀かを説いて、情状酌量の余地を築くしかないわね。

「承知しました」

夕日が差し込み、橙色に輝く窓に目をやりながら歩く。

人目を避ける位置にあるテラスの端へ、殿下と共に進んだ。

殿下の護衛達はテラス手前で控えるようなので、私の護衛達にもそこで控えてもらう事になった。

テラスの外には綺麗な芝生の庭が青々と広がっている。

耕したい……。

巨大な外壁に囲まれてるし、風が入って来ないから穂が長い稲を育てるにも良さそうだ。

でも流石に王城の庭に畑や田んぼを作ったら怒られるだろうなぁ。

って現実逃避してる場合じゃないよね。


くるりと振り返ったグレイン殿下の瞳は、若干潤んでいるように見えた。

早くも、『魔眼』を発動した!?

私は無意識に魔力を高めて抵抗する。

しかし、どうやらそれも無意味だったようで、すぐに殿下の目が真剣なものに変わる。

一瞬でスキルは看破されてしまったか……。

「アグリ嬢。どうか、こ……こ……こ……」

「侯爵家から追放されてくれ」とでも言うおつもりだろうか?

でも優秀な殿下であれば、私のスキルの有用性に気付いてくれる筈だ。

なんとか説得を試みよう――そう思った時、テラスの外から複数人が誰かを罵るような声が聞こえて来た。

そして、その中には聞き覚えがある声も混じっていた。

またあの令嬢か……。

パーリィ会場に居ないと思ったら、外で何をやっているのだろう？

「殿下、申し訳ございません。少々席を外させていただきます」

「え？　ちょっと待ってくれないか。今から告はk……」

殿下が何か言おうとしていたが、たぶんあの令嬢はまた誰かを虐めているのだろうし、貴族としてすぐに駆けつけなければならない事態だと思う。

殿下、断罪は後で受けますので、今はご容赦を。

私は即座に農奴スキル『瞬間移動』を発動して、テラス外の声が聞こえた方へと転移した。

☆☆☆☆☆☆☆☆☆

時は少しだけ遡る。

公爵令嬢フラン・キリクは、目の前に立ち塞がる少女達に内心怯えていた。

何故か彼女達はフランのスキルが『生産系』である事を見抜いている。

スキル名までは把握していないようだが、家族にすら話してない事をどうやって知ったというのだろうか？

その鍵は、おそらくその少女達の筆頭たる公爵令嬢メリアナ・アルビオスだろう。

そもそもフランの『スキル降ろし』の際に、彼女が何かをした可能性が高いのだ。

「どうしたのかしらぁ？　私は貴方のスキルを見せていただきたいだけなのですけど。あそこにある訓練用の的に魔法を当ててみせて欲しいと言ってるのよ」

わざとらしく挑発するように言うメリアナ。

そしてその後ろでクスクスと笑う取り巻きの令嬢達。

フランの得たスキルは『料理』なので、遠距離に飛ばす事が出来る魔法なんて使えないと本人は思っ・・・・ている・・・。

その為、フランは沈黙を貫くしか無かった。

そこにたたみ掛けるようにメリアナの取り巻き達が、フランを揶揄《やゆ》する。

「あらぁ？　まさかとは思いますが、公爵家のご令嬢なのに魔法を使えないスキルを得てしまったのかしら？」

「いいえ、きっと近接系なのではありませんか？　それでしたらあの的を直接殴っていただいてもよろしいかと思いますけど」

「おやおや？　もしや『身体強化』すら出来ないようなスキルなのですかぁ？」

「ありえない事とは思いますが、生産系のスキルだったりしませんわよねぇ？」

明らかに分かってて言っている。

密かに唇の内側を噛みしめるフラン。

パーティ会場に辿り着きさえすれば、他者の目もあるので彼女らも勢いづく事など無かっただろう。

しかし運悪く王城へ着いて護衛と離れた僅かな時間に彼女らに遭遇してしまい、この訓練施設へ連れて来られたのだ。

いや、メリアナだけは人だかりの中でさえ、同様の挑発をしそうだが。

寧ろ、こちらを陥れる為に嬉々としてやりそうだ。

無視して逃げる事も出来なくはないが、それは生産系のスキルであると認めてしまっている事になる。

相手に確信を持たれるのも困るのだ。

噂が広まって両親の耳に入れれば、最悪公爵家から追放される可能性だってある。

なんとか、何かしらの力を見せておきたいが、その力が『料理』スキルにあるとはとても思えなかった。

じっと我慢して、護衛かあるいは誰かが気付いてここに来てくれる事を祈るしかない。

フランは心の中で最も頼りになる親友の名を呼んでいた。

「じゃあ私がお手本を見せて差し上げますわ」

メリアナが詠唱すると、その手の平の上に巨大な火球が生成される。

スキルで作られた炎の魔法。

轟々と燃え盛る魔法を見て、フランは息を呑む。

お手本などと宣っているが、メリアナの性格上、その火球を訓練用の的ではなくフランに向かって放ちかねないからだ。

メリアナは嗤う。

自分のスキルに恐れ戦く者を見るのが楽しくて仕方ないようだ。

メリアナが愉悦に浸った顔でその火球を上に掲げたところで、不意に聞き覚えのある声が耳に入ってきた。

「あら、篝火にはまだ早い時間ではないかしら？　それともこの暑いのに暖をとっているの？」

フランの後ろからいつの間にか現れたのは、金色の髪の美しい少女。

威風堂々としたその姿は王者の風格を纏っている。

それはフランが待ち望んだ人物だった。

「え？　うそ……!?」

フランは心の中で呼び続けた親友が本当に現れた事に驚愕する。

それと同時に嬉しさと安堵の余り、ポロポロと涙が零れてしまった。

その少女はメリアナの火球を攻撃魔法ではなく、ただの生活の為の火にたとえた。

それはメリアナのプライドを大きく傷つけた。

怒りに燃えた赤い瞳がその金色の少女を射貫く。

「アグリ・カルティア……」

メリアナは苛立ちを隠そうともせずにその名を呼んだ。

メリアナの取り巻き達は、その少女を見て1歩後ずさる。

自分達が威を借るは公爵家であるにも拘わらず、それよりも爵位が低い侯爵家の令嬢の方が恐ろしいのだ。

容姿だけでなく、魔力も膨大であり、更にグレイン王子に匹敵する程学問にも精通している。

アグリ・カルティアの前では公爵家、いや王家の威光すらも霞むように感じられた。

彼女はまだ僅かな威圧すらも行っていないと言うのに。


しかし、メリアナ・アルビオスは知っている。

アグリ・カルティアのスキルは『生産系』であるという事を。

そんなスキルは格下と見下しているメリアナだが、だからこそ自分のスキルをバカにされた事が許せなかった。

そして後先を考えずに——火球を放ってしまった。

王城内で魔法による他者への攻撃など大問題になるであろうに、それを躊躇無くやってしまうのがメリアナの恐ろしいところである。

「きゃあっ!!」

フランは放たれた火球に悲鳴を上げた。

しかし、その火球はアグリ達の下へは届かずに、急速に地面へと落下してしまった。

「は？」

自分の魔法が地面へと吸い寄せられるように落下した事に、メリアナは困惑する。

そしてアグリの前に2つの白い影が舞い降りた。

「まったく、お嬢様は。護衛を連れずに移動すんなよな」

「お嬢様、1人で行動しちゃダメなの」

獣のような耳を頭頂部に生やした白髪の少女達がアグリに抗議する。

「ごめんね。ちょっと急いでたものだから」

言葉遣いのなっていない護衛達に、怒るでもなく謝罪する。

貴族としてはおかしな行動なのだが、アグリがやるとごく自然な事のように見えてしまった。

その場に居る誰もが、アグリのカリスマ性を深層心理で認めてしまっている。

彼女のする事に間違いなど無いかのように……。

しかしメリアナだけは憤る。

「その犬っころ、見覚えがあるわね。そんなクズスキルしか持たない役立たずを飼ってるなんて、侯爵家も落ちたものね」

相手を憤慨させようと発した言葉は、誰の心にも響かず空しく漂った。

メリアナの取り巻きですら、この場においてはアグリこそが正しいと思えてしまっている。

故に、滑稽《こっけい》。

「あら、貴方が手放してくれたお陰で素晴らしい護衛を手に入れる事が出来たわ。ありがとう」

返された言葉が感謝であった事で、メリアナは我を忘れた。

怒りに任せ、火球を連続でアグリに向けて放つ。

しかし、それらの悉くが地面に縫い付けられていく。

それはまさに篝火と化していた。

「王城の芝生に火を灯すのはよろしくない事ですわ。『慈雨《じう》』！」

アグリがその言葉を唱えた瞬間、直前まで雲1つ無かった晴天が俄に曇天へと変貌する。

その雲から、狙ったかのように地面を燃やす火へと強めの雨が降り注いだ。

周囲をまったく濡らす事無く炎が燃える場所だけに降り続ける雨は、神の奇跡のようにありえない光景として令嬢達の眼に映った。

それを行ったアグリに、皆畏怖を覚え体を震わせる。

「なっ……何なのよ、そのスキルはっ!?」

怯えを隠す様にメリアナは虚勢を張った。

ここで引けば二度とアグリに太刀打ち出来ない気がしたからだ。

そして追い詰められた獣のように、メリアナはなりふり構わず巨大な炎の槍をアグリに向けて放った。

豪豪と燃えさかる炎を見て、周囲の令嬢達は息を呑んだ。

さすがのアグリでもこれは躱せないだろうと。

しかし、アグリに向かう途中、その炎の槍は不自然に消失してしまう。

そして全く見当違いの場所である、訓練用の的の前に現れてそのまま突き刺さった。

「は？　え？」

困惑するメリアナ。

「正確に的を射貫きましたわね。とても良い精度の魔法です」

アグリはあえて褒め称える事で、狙った場所に当たらなかった事を揶揄した。

本来触れている程近づかなければ『瞬間移動』で転移させる事は不可能だが、アグリは膨大な魔力でその範囲を拡大して離れた場所にある炎の槍を転移させてしまった。

しかしそれを理解出来る者はここには居なかった。

そしてアグリは更なる魔力を解放し、先程呼んだ雨雲へと目一杯込めた。

「さて、私の親友にちょっかい出してくださったお礼として、私の魔法を見せて差し上げますわ。あの炎の槍が突き刺さった的をご覧ください」

その場に居る全員が恐る恐る的の方へ視線を向ける。

瞬間――、

「『稲妻』っ!!」

天より光の槌が振り下ろされた。

「「きゃあああああああっ!!」」

連続で的に落雷し、轟音と地響きで周囲は喧騒に包まれる。

それはその場に居た全員に、絶対的な力による恐怖というものを植え付ける事となった。

メリアナの取り巻き達は今後アグリの姿を見ただけでひれ伏す事だろう。


永遠に続くかに思われた轟音がやんだ時、周囲を大勢の兵士達が取り囲んだ。

「これは何事ですかっ!?」

兵士達の隊長らしき人物が声を上げると、アグリは周囲に聞こえないよう呟いた。

「やっべ、やり過ぎちった……」

「「お嬢様ェ……」」

☆☆☆☆☆☆☆☆☆

その光景を離れた場所から1人の少女が覗いていた。

「な、何よ今の魔法は……？　あんな魔法、この物語にあった？」

少女の姿は透明で、周囲の人々からは見えない。

しかし、声だけは聞こえてくるので、付近にいる者は皆首を傾げていた。

「あれって、悪役令嬢のアグリ・カルティア？　それに同じく悪役令嬢のメリアナ・アルビオスよね。

あの2人って仲悪かったんだ。そんな描写無かったから知らなかったわ」

少女の呟きは、たとえ聞こえていたとしても誰も理解出来なかったであろう。

この世界の住人には……。

「アグリ・カルティアは不遇スキルを得てしまって性格がねじ曲がった筈だけど……あれが不遇？　あんなの相手に勝てると思えないんですけど」

凄まじい威力の魔法を見てしまって、戦く少女。

「でも攻略対象の王子様をゲットするには、婚約者である悪役令嬢が断罪されなきゃいけないのよね。王子様の攻略ルートは悪役令嬢が2人も居て大変だけど、絶対何とかするんだから。わざわざ一度しか手に入らない『幻影《げんえい》の滴《しずく》』で姿を隠してまで情報を得に来たんだし、失敗は許されないわ。もっとも、まだ男爵令嬢ですらない今の私に出来る事なんて、魔力を増やす事ぐらいしかないけど……」

姿の見えない少女は拳を握りしめる。

「でもでも、今日見た王子様は可愛かったわ～！　この物語《ゲーム》の主人公は私なんだし、絶対、絶対攻略してやるんだからねっ!!」

不穏の種が芽吹くのは、もう少し先の未来……。

☆☆☆☆☆☆☆☆☆

警備の兵士長さんにめっさ怒られた……。

今後フランちゃんにちょっかい出させない為に『稲妻』で威嚇しておこうと思ったんだけど、王城の兵士達が襲撃と勘違いして大騒ぎになってしまったのだ。

訓練用の的に命中させてたので、私は厳重注意だけで済んだけど。

一方、メリアナは知らぬ存ぜぬのゴリ押しで逃げてしまった。

相手が公爵家という事もあり、兵士さん達も強く出れなかったみたいだ。

いつもああやって逃げてるんだろうな。

メリアナが悪さした時の証拠を残す為にも、映像記録魔導具のようなものを手に入れておいた方がいいのかも知れない。


漸く解放され、セヴァスの「奥様には魔導具でご報告済みです」の言葉に戦々恐々としていたところ、フランちゃんに呼び止められる。

「アグリちゃん。その……少しだけ時間いいかな?」

「ええ、もちろんよ」

私が承諾するも、フランちゃんは気まずそうにセヴァス達護衛の方へ視線を送る。

あぁ、乙女な悩み事なのね。

フランちゃんったら、おませさん。

同性であるヤンとマーにすらも聞かせたくないようだけど、相変わらずフランちゃんは恥ずかしがり屋さんだなぁ。

「セヴァス、少し離れてもいいかしら?　フランちゃんと2人きりで話したいの」

「……承知しました」

渋々ではあるがセヴァスが頷いてくれたので、私とフランちゃんは声が聞こえないぐらいの離れた場所へ移動する。

視界は遮られていないが、王城の庭はかなり広めなので秘密の話をしても大丈夫だろう。

「それでどうしたの、フランちゃん」

「えっと、さっきは助けてくれてありがとう」

「気付けて良かったわ。またあいつらに絡まれたらすぐに言ってね」

「うん。それでね、さっき絡まれてた理由なんだけど……」

フランちゃんは何故か少し言いづらそうにする。

あれ？　恋愛相談的な事かと思ったけど、少し雰囲気が違うなぁ。

もしかして、さっきの令嬢達に想い人に近づかないで的な事を言われたとか？

「実は私のスキルが関係していて……。私のスキルね、『生産系』だったんだ」

全然違う話だった……。

全く色気とか無かったよ。

そうか、スキルの話となると、そうそう誰にでも聞かせられる事ではないわね。

特に公爵家の令嬢でありながら生産系スキルを授かってしまったとなれば、それはかなり厳格に秘匿されるべき情報だ。

私だって今追放されないように四苦八苦してるんだから。

「フランちゃん、それ私に言っても良かったの？」

「うん。家族にすら言えない事だけど、親友であるアグリちゃんだからこそ相談したの。でも、何故かさっきの令嬢達はその事に気付いているみたいで……」

家族にすら言ってないスキル情報に気付いている？

それって『魔眼』系のスキルで看破されたって事だろうか？

あの陰湿なメリアナの周囲に『魔眼』のスキル持ちが居るって、ヤバくない？

「たぶん、スキル降ろしの時にメリアナ・アルビオスに何かされたんだと思う。スキル降ろしの前に、メリアナは確かに『生産系スキルを授かりそうね』って言ってたし」

何かされたって……。

他人のスキルに干渉出来るとしたら『呪術』しか無いと思うけど、それはお父様達が潰した筈だし。

生き残りが居て、アルビオス公爵家が匿っているとか……？

あの公爵家ならやりかねないかも。

でもきっと証拠とかは見つからないだろうなぁ。

それが分かってて、敢えてフランちゃんにほのめかしたんだろうし。

今更そんな事考えてもしょうがが無いわね。

問題はフランちゃんが今後どうするかだ。

「ご家族にも言って無いスキルって、どんなスキルなの？　私にも言えないなら、無理に聞こうとは思わないけど」

「ううん、ここまで言ったんだし、アグリちゃんは信用出来るから教えるよ。あのね、私のスキルは『料理』だったの」

『料理』スキル――それって、チートスキルやん。

そんな最強スキルがありながら、何故令嬢達に絡まれて、されるがままだったのだろう？

訓練用の的に向けてパフォーマンスすれば黙らせるのは簡単だった筈なのに、まだスキルを得たばかりだからコントロールが難しかったのかな？

しかし、そんなに強いスキルを得たにも拘わらず、フランちゃんの表情は暗かった。

「私は昔からお料理が好きで、貴族令嬢でありながら厨房でお料理をしたりしてたから、こんな弱いスキルを授かってしまったんだと思う……」

……ん？　弱い？

「え？　フランちゃん、『料理』スキルが弱いと思ってるの？」

「え？　アグリちゃん、『料理』スキルじゃ闘ったり出来ないでしょ？」

うむ、話が噛み合わない。

ひょっとしてフランちゃん、『料理』スキルの使い方を知らないのかな？

ああそっか、私のように前世の漫画やらで培ったイメージ力が無いと、人間以外の生物が料理をするという事を想像出来ないのか。

私が持ってるイメージを再現出来れば、『料理』スキルの未知の領域に踏み込める筈。

ならば、教えてやらねばなるまい。

親友が頼ってくれているのだから、全力を尽くすよ！

そして、あわよくば私も『料理』スキルを使えるようになりたいっ！

「フランちゃん、『料理』スキルは強いよ。私が使い方を教えてあげる」

「え？　ホント!?」

「うん、但し私と契約して『農奴』になってもらわなければならないの」

「け、契約……？　『農奴』？」

「『農奴』っていうのは、農業に従事する奴隷みたいなものだけど、私のスキル上の呼び名でしかないから気にしないで」

「奴隷ってとこが無視出来ないぐらい凄く気になるんだけど……」

契約の文句は、「私と契約して『農奴』になって！」と言いたいとこだが、それはやべぇ謎生物っぽいから違う言い方にしよう。

「フランちゃん、力が欲しいかい？」

フランちゃんは俯いて考え込む。

しかし葛藤するまでも無かったのか、すぐに意を決した顔を見せた。

「……うん、欲しい！　私、アグリちゃんを信じるよ！　『農奴』が何なのかよく分からないけど、お願いします！」

よし！　契約完了だ！

今後もこのような感じで農奴契約を進めて行く事になるだろうから、何か名前が欲しいわね。

えーと、『農業』スキルによるパワーアップだから……、

「ではフランちゃん、貴方に『Farms《ファームズ》』を授けるわ！」

☆☆☆☆☆☆☆☆☆

侯爵家執事のセヴァスは、アグリが公爵家の令嬢であるフランと会話しているのをジッと見つめていた。

護衛として襲撃を警戒しているという側面もあるのだが、最近のアグリの動向は目が離せないものがあるからだ。

先日も護衛としての奴隷を購入に行ったのに、子供の奴隷を購入してしまったり。

孫のヴァンからの報告を受けた時は、そのやんちゃぶりに天を仰いだ程だ。

ヴァンの制止を無視して単独でゴブリンキング討伐、その後何故かゴブリン達を『人化』させて従えているらしい等。

強力なスキルを得ている事が分かったのは喜ばしいが、やっている事はとても貴族の令嬢としては看過出来ない程だ。

そのお嬢様が、今親友と何やら秘密の会話を行っている。

聞き耳を立てても内容はほぼ聞こえない。

読唇術で口の動きを読もうにもそれを警戒してか、こちらを向こうとはしないのである。

所詮子供同士の会話なのだから、そこまでして知る必要も無いかとセヴァスが思った時、事態は急変する。


アグリがセヴァスの方を向いて手を振った。

「私達、ちょっと寄る所が出来たから先に帰ってて！」

セヴァスは青ざめる。

地面を蹴ってアグリの下へ駆けつけようとしたが、2歩目を踏む前にアグリ達の姿は掻き消えてしまった。

アグリが『瞬間移動』スキルを使って転移したのだ。

セヴァスは急ぎ振り返り、ヤンとマーに問う。

「お嬢様は何処へ!?」

ヒクヒクと鼻を動かしたヤンとマーだが、困惑したように眉根を寄せただけだった。

「たぶんもう王都には居ない」

「近くで臭いはしないの」

どうやったのか、奴隷を購入してからマーの使う転移系スキルをアグリも使えるようになってしまっていた。

マーはそれ程遠くまで転移出来ないが、厄介な事にアグリは魔力に任せていくらでも遠くへ転移出来てしまうらしいのだ。

転移する瞬間に踏み込んで体に触れれば、一緒に転移してしまうので何とかなるが、今回は距離が離れ過ぎていて触れる事は適わなかった。

「でもたぶんあっちの方に居る気がする」

「うん、わたしもそう思うの」

ヤンが東の方角を指し示した。

2人は野生の勘なのか、何故かアグリの居場所を離れていても把握出来る。

東の方角——それは侯爵領のある方角だ。

そちらへ視線を向けて、セヴァスは盛大に溜息をついた。

「お嬢様……奥様からの説教の時間は倍にしてもらいますからね」

☆☆☆☆☆☆☆☆☆

転移を終えた直後、何故か背中がゾクリと冷えた気がした。

長距離転移による副作用だろうか?

急激な寒暖差による体調の変化があるのかも知れない。

気を付けた方がいいかな。

「フランちゃん、大丈夫?」

一緒に転移してきたフランちゃんの体調が気になったので声を掛けてみたが、フランちゃんは暫く呆けてしまっていた。

そして急激に再起動すると、焦ったように騒ぎ始める。

「こ、ここ何処っ!?　何で急に景色が変わったの!?」

「落ち着いてフランちゃん。ここは侯爵領の北にある畑の一角よ」

「ええっ!?　さっきまで王城に居たのに!?」

マーのスキルである『瞬間移動』は本来短距離を高速移動する為のものらしい。

でも私は自分の魔力量に任せて長距離の瞬間移動にも成功しているのだ。

先程まで居た王城の庭の芝色が、一瞬にして畑の土色へと変化したのだから、フランちゃんが困惑するのも仕方が無い事だろう。

もう薄暗くなって来ているので、畑には誰も居なかった。

しかし綺麗に植えられたダイコンとハクサイの芽が少しだけ顔を出していたので、私の気分はとても高揚した。

スキルちゃんが遠隔指導しているとはいえ、ちゃんと元ゴブリン達は農業をこなしているようだ。

これは収穫が楽しみだね。

さて、ここへ来たのは畑の確認がしたかったからというのもあるけど、元ゴブリンキングに聞きたい事があったからだ。

私達は畑の先にある元ゴブリンの集落に向かった。

集落には多くの元ゴブリンと、何故か普通の人間も交じっていた。

何故それが区別出来るかと言えば、元ゴブリンは非常に薄着でほぼ半裸と言えるぐらいのボロボロの服装だし、対して普通の人間は上下共にカッチリとした服を着ているので間違えようが無い。

どうやら後者はお兄様が派遣した兵士さん達らしかった。

「止まれ！　何者だっ!?」

おや？

どうやらこの兵士さん、私の顔を知らない人だったみたいだ。

私は普段王都に居るから、こっちの侯爵領の兵士さんで私の事を知ってる人は少ないのよね。

先日来た時も一部の人としか顔を合わせなかったし。

しかし、すぐに別の兵士さんが私を見て気付いたらしく、こちらへ声を掛けて来た。

「待て、その方はアグリお嬢様だ！」

「えっ!?　まさかあのヴァンでも敵わないっていう化物お嬢様っ!?」

おい、聞こえてるぞ。


集落に入り、「元ゴブリンキングの家に向かって呼び掛けると、巨大な体がゆっくりと外へ出て来た。

巨体に加えて、金色のモヒカンと半裸が世紀末感を醸し出していた。

「ごきげんよう、ゴブキン」

「なんだぁ？　ご主人様じゃねぇかい。何か用だったか？」

ゴブキンは元ゴブリンキングの人族名だ。

これ以上短縮するのは躊躇われたため、この名に落ち着いた。

ゴブキンのゴッツさにフランちゃんはちょっと怯えて、私の後ろに隠れてしまった。

「ちょっと聞きたい事があって。この辺で食べられる魔物が出る場所を教えて欲しいんだけど」

「食べられる魔物……？　俺達は何でも食うからなぁ」

『人化』してもゴブリンの食性は変わらないんだろうか？

まぁ、たぶん人間が食べないような魔物でも出来るとは思うんだけど、イメージを明確にするにはやっぱり食べられる魔物の方がいいと思うんだよねぇ……。

「あぁ、でも美味い魔物なら知ってる。牛の魔物で、山を越えたとこにある草原によく居た筈だべ」

牛!?

それって……神が私に酪農せよとおっしゃってる!?

仰せのままにイイイィィ!!

『料理』スキル修行の為だったけど、牛が居るなら私にとっても良き場所だ。

「行くよ、フランちゃん！」

「え？　え？　もう暗くなっちゃうよ？」

「大丈夫！」

農業の前に闇など無意味。

「『召喚』！　『農家御用達ハウス栽培用照明』!!」

ハウス栽培に於いて使われるＬＥＤ照明は、少ない電力で日照不足を補う事が可能な便利道具だ。発熱量が少ないので温度管理がしやすく、害虫が入らないように外と遮断された工場でも生育可能になるなどメリットも大きい。

そんなＬＥＤを召喚し、同じく召喚した農薬散布用ドローンに取り付けていく。

電力ではなく魔力で発光可能なＬＥＤが、薄暗くなった集落を照らす。

「アグリちゃん、その奇妙なものは何……？」

恐る恐る尋ねるフランちゃん。

『瞬間移動』は一度行った事がある場所か見える範囲にしか移動出来ないから、空を飛んで行こうと思ったんだけど……。

うん、たぶん説明すると面倒な事になるので、あえて説明は省こう。

「じゃあ、しっかり掴まっててね」

「説明っ！　アグリちゃん、説明を求むーっ!!」

私は身体強化して、フランちゃんの腰をしっかりと抱き込む。

そしてもう片方の腕で農薬散布用ドローンの足を掴んだ。

魔力を流すと、ふわりとドローンが浮き上がる。

「きゃあああああっ!!　う、浮いたああああああっ!!」

フランちゃんの悲鳴に呼応するように、ドローンは天高く舞い上がった。

よしよし、ＬＥＤの光で眼下がそれなりに明るくなって見渡せるね。

私はそのまま、元ゴブリンキングに聞いた山の向こう側までドローンを飛行させた。


山を１つ越えると、広大な草原が広がっている場所が見えた。

照明の照らす先に、いくつか黒い塊が見える。

頭部付近には鋭く湾曲した角が見えたので、あれが目標の牛の魔物に間違い無いだろう。

ふむ、美味しそうな牛肉だ。

前世で都会育ちの友人と牛を見た時に、これ言ったらドン引きされたっけ。

でも農家の言い分としては、命をいただくという事に最も真摯に取り組んでるからこそ出る言葉だと思うのよね。


さて、私に抱えられているフランちゃんは、案の定気絶していた。

「おーい、フランちゃん。着いたよ〜」

「むにゃ……もう食べられない……」

なんてベタな寝言を……。

『料理』スキルを得たのって、料理してたからじゃなくて食い意地張ってたからでは……？

中々フランちゃんが起きない中、私達に近づく影が１つ。

優に私達の身長を超える巨大な黒い塊は、私達に向けて大きく吠えた。

「ブモオオオオォォっ!!」

「ひゃっ!? な、何っ!?」

牛の魔物の雄叫びのお陰で、フランちゃんも漸く目を覚ましたようだ。

「魔物が居る場所に着いたよ」

「アグリちゃん、何で冷静なのっ!? ま、魔物がすぐそこまで迫って……」

「ああ、大丈夫。すぐに黙らせるから」

私は魔力を解放して牛の魔物を威圧する。

「ブモッ!?」

すると、牛の魔物はどう見ても成牛だが、生まれたての子牛のように足下をガクブルと震わせて後ずさった。

「さ、さすがアグリちゃん……。スキルとか関係無しで魔物を怯えさせてる」

「とりあえず、先に農奴契約をしましょう」

「そして魔物が側に居るとは思えない通常営業だね。怯えてた自分が滑稽に思えてきたよ……」

家畜を前に怯えてたら農家なんて務まりませんことよ。


私は『農奴』スキルを発動して、フランちゃんと農奴契約を結んだ。

「ふわぁ……なんか凄い力が漲《みなぎ》ってくる感じがする。でもこれ、デメリットとか無いの?」

「うーん、今のところ特に無かったと思うよ。農業をする奴隷って言っても、私はフランちゃん相手に無体な命令を下すつもりなんて無いし。パワーアップするメリットしか無いんじゃないかな？」

「デメリット無しでパワーアップとか、アグリちゃんのスキルってかなりヤバいのでは……？」

今のところヤンとマーにも精神的な変化は見られないし、農業を手伝ってもらう時にちょっと積極的になったぐらいだと思う。

そもそも私が主になるんだし、私がデメリットを与えるようなマネをしなければ問題無い筈だ。

そして、メリットは私にもある。

農奴の持つスキルを私が『複製《コピー》』して使えるという事。

「じゃあフランちゃん、私があの牛の魔物を『料理』して見せるから、よく見ててね」

「えっ!?　『料理』するってどういう事？」

「私が『料理』スキルの使い方を教えてあげるって言ったでしょ。これから実際に使ってるとこ見せてあげるから」

「な、何でアグリちゃんが『料理』スキルを使えるのっ!?　アグリちゃんのスキルって『料理』だったの？」

「ん？　違うけど？」

私の言葉にフランちゃんは絶句してしまった。

まぁ私のスキルについては後で説明するとして、今は目の前の魔物に集中しましょうか。

「ブモッ！」

私が正面に立つと、牛の魔物は警戒心を露わにし、真っ黒な体を1歩下がらせた。

さっきの威圧が効き過ぎちゃってるかな？

さて、

「フランちゃん。『料理』ってのは人間だけがするものだと思ってない？」

「え？　普通、動物や魔物は『料理』なんてしないでしょ。知能が高い魔物も直接かぶりついてると思ってたけど……」

「『料理』とは何？　食材を食べやすいように加工する事よね。例えば、ドラゴンは炎で獲物を焼いて食べる——」

「え、それってまさか……」

「そう。『料理』スキルはドラゴンの料理方法を再現出来るって事よ！」

私達が話していると、威圧による極度の緊張に耐えられなくなったのか、牛の魔物が狂ったように暴れ出した。

私は突っ込んで来た牛を躱して少し距離を取った。

そして目一杯空気を吸い込んで、一旦止める。

「ブモオオオオッ！」

おっと、あんまり興奮すると毛細血管が破れてお肉が不味くなっちゃうじゃない。

私は急いで魔力を練り上げ、口の中で空気と魔力を融合させる。

イメージは炎の属性を持つフレイムドラゴン。

口の中で高まった膨大なエネルギーを、牛の魔物に向かって解き放った。

「『龍の吐息《ドラゴンブレス》』っ!!」

闇夜を照らす一条の輝き。

私の口から閃光のような炎の吐息が放出され、それが黒い牛の魔物を覆い尽くした。

「ブゴオ——!!」

牛は一瞬だけ大きく咆哮を上げるも、光の奔流に呑まれて程良い焼き加減となり、力なくその場に倒れ伏した。

牛の体からはプスプスと煙が上がっている。

うーん、ブレスって言うよりレーザー光線みたいになっちゃったね。

口から何か吐くって、某漫画の緑色の戦士のイメージが強かったからかな?

それはさておき、『料理』と呼ぶにはちょっと雑だったけど、なんとなくイメージは伝わっただろう。

「す、凄いよアグリちゃん! あの大きな魔物を1発で仕留めちゃうなんて!」

フランちゃんは、めっちゃキラキラと目を輝かせていた。

「どう? 『料理』スキルって凄いでしょ」

「今のって本当に『料理』スキルなの? 俄には信じ難いんだけど……」

うーむ、イメージ力は信じる事からなんだけど、あまりにも『料理』からかけ離れ過ぎていたか。

どうすればいいかなぁ?


とりあえず、せっかく倒した魔物は解体しておきますか。

「貴方の命、美味しくいただきますわ」

私は倒した牛の魔物を、『料理』スキルで召喚した解体ナイフを使い、部位ごとに切り分けて行った。

おっと、重要部位である牛タンを忘れないようにせんとね。

前世の東北地方で食べた味が絶品だったし。

召喚した調理用バットに切り分けた肉を次々に入れて行くと、満タンになったバットから順次帰還して行った。

たぶん擬似的な収納魔法の役割を持っているのだろう。

程なくして、牛の魔物の食べられる部分は全て消え、骨と焦げた表皮と少しの内臓だけになってしまった。

これはこれで肥料になるので、こっちは『農業』スキルで召喚した肥桶に入れて収納しておいた。

余す所無く全て使えて、とても満足だわ。


解体している間に、他の魔物が私達を取り囲むように近づいて来ていた。

ドローンの明かりに引き寄せられて来ちゃったか。

わぁ、牛の魔物だけじゃなく、鹿や猪までいる。

凄いわねこの草原。

まるでお肉のバーゲンセールじゃない！

「じゃあ、次はフランちゃんやってみて」

「わ、私に出来るかな？　私ドラゴン見た事無いんだけど……」

おおぅ……そりゃそうよね。

いかにこの国の貴族が攻撃系スキルに特化していると言っても、公爵令嬢が魔物を見る機会なんてそうそうある筈が無い。

うーん、どうしたもんか……。

『ご主人様《マスター》、私にお任せください。直接フランさんの脳内にアクセスしてイメージを見せる事が出来ますので』

おおっ！　さすがスキルちゃん！　さすスキ!!

「大丈夫。フランちゃんが農奴になった事で、スキルちゃん経由でイメージを共有出来るようになったから」

「え？　スキルちゃんって何……？」

★★★★★　フラン視点　★★★★★

――魔法を使えないスキル。

ずっと私の中で、あの令嬢達に浴びせられた言葉が引っ掛かっている。

さっきアグリちゃんが見せてくれた事が出来たなら、私の『料理』スキルでだって魔法みたいな技を使える筈。

でもドラゴンの料理方法なんて、私にイメージ出来るのかな？

親友のアグリちゃんは大丈夫って言うけど、ドラゴンどころか魔物も殆ど見た事無い私には、正直ハードルが高いと思う。

そもそも私の魔力量で出来るの？

そんな自信を持てない中、突然不思議な声が聞こえてきた。

『心配ありません。貴方にはご主人様《マスター》の魔力が供給されているのですから』

ふえっ!?

周囲を確認するも、私とアグリちゃん以外に人の姿は無い。

いったい誰の声が聞こえてるんだろう？

幻聴？

『いいえ、幻聴ではありませんよ。今、貴方の頭の中に直接話しかけています。私は侯爵令嬢アグリ・カルティア様のスキル——私の事は〝スキルちゃん〟とお呼びください』

す、スキルちゃんって……ええっ!?　まさかアグリちゃんが言ってたスキルちゃん？

スキルが自我を持って喋ってるのぉ!?

さすがアグリちゃん、スキルすらもパネェんですけど!!

『貴方はご主人様《マスター》にとって大切な方のようですので、特別にサポート致します』

あ、はい。

よろしくお願いします。

『では初めに、イメージをしっかりと固定しましょう。この映像をご覧下さい』

スキルちゃんがそう言うと、突然私の頭の中に動く絵が現れた。

これがドラゴンのイメージ？

『これはご主人様《マスター》の記憶にあったドラゴンのイメージを再現しています』

イメージを再現って、アグリちゃんはドラゴンと会った事があるって事？

私と同い年なのに、もうドラゴンと見《まみ》えてるなんて凄い！

って、感心してる場合じゃないよね。

しっかり見てイメージしなくちゃ。

アグリちゃんは普通に口から炎を吐いてたけど、正直言って仕組みが全然理解出来なかった。

私があれを再現するには、もっと細かくドラゴンを観察しなくちゃいけないと思うの。

トカゲのような外見で、全身を硬質な鱗《うろこ》に覆われている。

飛ぶには小さすぎる翼が生えてるけど、魔力で飛ぶ魔物は翼の大きさなんて関係無いんだっけ。

頭部からは雄々しい角《つの》も生えていて、その厳つい顔は実際に間近で見たら恐怖で失神してしまうんじゃないかと思うぐらい怖い。

あっ、口から炎を吐いた。

アグリちゃんがやった閃光のような感じじゃなくて、ぶわっと広がって辺り一面を焼き尽くしてしまう炎だ。

これらをイメージして再現する——うーんむむ、で、出来る気がしないよぉ！

なんか『料理』スキルに拒絶されてるみたい……。

『スキルは、それが持つ特性からかけ離れた運用を嫌います。フランさんの場合、ただのドラゴンではなく、ドラゴンが料理するというイメージが必要な筈です』

あ、そっか。

あくまでもドラゴンが料理するという事が大事なんだ。

そのドラゴンが料理ってとこが難しい気もするけど……。

ううん、いっそ私がドラゴンになって料理するイメージをしちゃえばいいのか。

私は——ドラゴンの料理人になる!!

そう心に決めた時、パキンと私の中で何かが弾けた。

体の外側でも何かが弾けた気がしたけど、そんな事に気を取られていられない。

体中に魔力の波がほとばしり、熱くなった体から力が漲ってくる。

今なら出来る気がする——！

私は大きく息を吸い込んで、口の中で魔力を練り込み、それを目の前の魔物の群れに向かって吐き出した。

「『龍の吐息《ドラゴンブレス》』っ!!」

吐き出された炎は、群がる牛や鹿等の魔物達を丸ごと包み込み、燃え盛る業火で一瞬にして丸焼きのお肉達を作り出した。

で、出来た……。

間違い無く今、私は『料理』スキルを使って魔物を倒した。

私はついに魔法を手に入れてしまった。

こみ上げるものを堪えきれず、目から涙が溢れてくる。

私のスキルがこんなにも強力になるなんて……。

これも全て、親友であるアグリちゃんのお陰だ。

この恩には、私の全てをもって報いるよ！


「ありがとう、アグリちゃん！　私、出来たよっ!!　……って、あれ？　アグリちゃん、何か小さくなってない？」

私の疑問にアグリちゃんが答えてくれる。

「えっとね……、私が小さくなったんじゃなくて、フランちゃんが大きくなったんだよ……」

私が大きくなった？

そういえば、何か目線が高いような……。

ふと自分の手を見ると、皮膚が鱗で覆われていて、爪も鋭く尖っていた。

体の方も先程まで着ていた筈のドレスは跡形《あとかた》も無く、何故かコックコートを着込んでいて、そこから爬虫類のような四肢が伸びている。

不安に駆られながら、ペタペタと顔を撫でて違和感を確認していく。

あれ……まさか……、

「わ、私ドラゴンになっちゃってるうううぅっ!?　いやあああぁっ!!　こ、これ元に戻るのおおおぉっ!?」

アグリちゃんは人型のまま炎を吐いてたのに、何で私はドラゴンになっちゃってるの!?

ドラゴンの料理人になるってイメージしちゃったから!?

炎を吐くためのイメージだったのに、何で体まで変化しちゃってるのおぉっ!?

このまま元に戻れなかったら、お父様やお母様に何て言えば……。

『大丈夫です。スキルによる〝龍化〟や〝獣化〟等は一時的なものですので。一部永続的なものもありますが……（ぼそっ）』

そ、そうなんだ。

良かった、スキルちゃんが言うんなら大丈夫だよね。

でも、最後の方に小声で何か重要そうな事言わなかった？

その後、私はスキルちゃんが送ってくれるイメージを元に色々なドラゴンのブレスを再現していった。

氷属性のドラゴンになってブレスで魔物を冷凍したり、風属性のドラゴンになってブレスで微塵切りにしたり。

およそ料理に使えそうなブレスは一通り出来るようになった。

ただ、どのブレスを使うにもドラゴンの体でないと出来ないのが問題だ。

アグリちゃんみたいに人型でもブレスを吐けるようにしないと、後々面倒な事になりそうだなぁ。

『さすがですフランさん。これだけ多くのドラゴンをイメージして再現してしまうとは、フランさんのイメージ力は凄まじいですね』

そ、そうかな？

そんなに褒められると照れちゃうよ。

えへへ。

「では次に、これも行ってみましょう」

スキルちゃんが新たなイメージを私の頭の中に送って来た。

……スキルちゃん、いくら何でも首が８つもあるドラゴンは無理だよぉ。

☆☆☆☆☆☆☆☆☆

そろそろ夜も更けてきた事だし帰ろうかな？　と思ったので、フランちゃんに声を掛ける。

「フランちゃん、そろそろ帰るから元に戻ってー！」

「はーい」

ドスドスと地響きを立てながら駆けてきたドラゴンが、私の前で全身を発光させた。

光に包まれた体は徐々に小さくなり、人型へと戻っていく。

元の姿になったフランちゃんは何故か『龍化』した時のコックコートのままだった。

そりゃそうよね。

さっきまで着てたドレスは『龍化』した時に完全に破れてしまってたし。

でも今後も『龍化』する度に服が破けちゃうのは問題だ。

あのコックコートはスキルで作られてるものだから、体格に合わせて自動的に小さくなってくれるみたいだけど、戦闘を前提にする時はいつもコックコートで居る必要があるという事。

まぁ、ひょっとしたら魔導具みたいなもので、一緒に巨大化してくれる服があるかも知れないし。

後でフェチゴヤ商会に聞いてみよう。


フランちゃんが狩った魔物を解体して帰り支度を始めた時、農薬散布用ドローンに取り付けた照明が、新たな魔物の姿を捉えた。

それは白と黒のブチ模様の毛皮を纏う魔物――あれってもしかして……。

「新しい魔物だ。じゃあもう一度ドラゴンになって……」

服が破ける心配の無くなったフランちゃんは、嬉々として『龍化』しようとする。

「ちょっと待ってフランちゃん、あれは倒しちゃダメっ」

「えっ？　どうして？」

あれは先程狩った黒毛の牛とは違う、ホルスタイン種っぽい牛の魔物。

肉に出来ない事も無いけど、牛乳を搾った方が使い道が多いし継続的に生産出来る。

「あれは連れ帰って飼育しましょう」

「ま、魔物を飼うの!?」

この世界では魔物の方が圧倒的に多いから、たぶん普通の牛を見つけるのは難しいと思う。

牛型の魔物ですら私は初めて見たぐらいだし。

まぁ飼育出来るかどうかはやってみないと分からないが、やるだけの価値はある筈だ。

『ご主人様《マスター》。先程魔物を倒した事により、新しいスキルが解放されました』

おっと、このタイミングでスキルちゃんから報告が。

それってもしや……?

『はい。新しいスキルは〝家畜化《かちく》〟です』

なんというご都合スキル……。

やはり神は私に酪農せよとおっしゃっているのか。

それで、どうやって家畜化すればいいのかな?

『それはご主人様《マスター》なら簡単な事です。屈服させればいいのです』

わーい、単純明快だぁ……。

ゲームや漫画では、仲間にしたい場合はまず倒さないとだもんね。

私は乳牛の魔物の前に立ち、体の中の魔力を練る。

そして溜めた魔力を一気に解放し、20頭程いる魔物達を纏めて威圧した。

「「「ブモォッ!?」」」

ガクブルと震えながら、牛達は皆その場に突っ伏すように座っていった。

無事屈服させる事が出来たようなので、スキルで順次家畜化していく。

すると魔物特有の目の赤みが消え、鳴き声も前世で聞いた穏やかなものへと変化していった。

ホルスタイン種でも野生化するとかなり凶暴になるって聞いてたけど、『家畜化』スキルのお陰でこれならなんとか飼えそうだ。

「アグリちゃん。こんなにいっぱい山を越えて連れて行けないと思うんだけど、ここで飼うの？」

うーん、フランちゃんの言う通り、運搬する手段が無いのは問題よね。

この草原でそのまま飼ってもいいんだけど、妙に魔物が多かったしなぁ。

フランちゃんがかなり間引いてくれたとは言え、まだ安全とは言い切れないと思う。

あ、そうだ！

アレなら牛達を運搬するのに最適だわ。

召喚出来るかは微妙なとこだけど、やるだけやってみよう。

私は天に向けて手を翳し、目一杯の魔力を送り込んだ。

「『召喚』っ!!」

夜空で瞬いていた星達が突然陰る。

代わりに、それを遮った巨大な飛行物体の放つ光が、周囲を照らした。

あまりの巨大さに、フランちゃんは腰を抜かして座り込んでしまった。

「アグリちゃん、何あれ……？」

「Ｕｓｈｉ《牛》・Ｕｎｐａｎ《運搬》・Ｆｌｙｉｎｇ《飛行》・Ｏｂｊｅｃｔ《物体》。あれで牛達をキャ……運搬するのよ」

「きゃ？」

私が召喚した牛運搬飛行物体――略してＵＵＦＯ。

牛と飛行する円盤には深い関わりがあるとかないとか。

つまり農業に関係があるっ！（強引）……という事で召喚してみた。


円盤の中心部から地上へ向けて一筋の光が降りてくると、その光に包まれた牛が重力を無視したかのようにふわりと浮き上がる。

そのままグングンと上昇して行き、円盤に接触する寸前で吸い込まれたかのようにふっと消えた。

そして次々に収納されて行く牛達。

家畜化されているせいか、皆暴れる事無く大人しく円盤に吸い込まれて行った。

それをフランちゃんは、呆然とした表情で見送っていた。

「アグリちゃんのスキルって、いったい何なの……？」

「あ、そっか。フランちゃんのスキルは教えてもらったのに、言って無かったね。私のスキルは『農業』だよ」

「の、『農業』……？　って作物を育てたりする、あの生産系の？」

「そうだよ」

「『農業』ってあんなに凄い事が出来るの……？　あれ？　もしかしてアグリちゃんには、私の力なんて必要無いのでは……？」

何故か絶望したような顔になるフランちゃん。

どうかしたのかな？


ちなみに円盤は帰還させようにも、既に生物である牛が乗ってるから帰還出来ない。

あれを出現させたままってのもヤバいよねぇ……どうしたもんか？

『円盤はステルス機構が備わってますので、上空で姿を消して待機させておくのがいいかと。明日元ゴブリンの集落へ連れて行きましょう』

空飛ぶ円盤にはそんな機能が備わってたのね。

もう夜も遅いし、スキルちゃんの提案どおり明日引き渡しに行きますか。

あ、その前に、牛達にカウマグネットを飲ませておかないと。

牛は金属を口に入れる習性があるので、尖った鉄片が内臓を傷つけないように磁石を飲み込ませておかなければならない。

野生の牛は色んなものを飲み込んでそうだから、早めにケアしとかないとね。

『カウマグネットは私がやっておきます』

さすがスキルちゃん、有能秘書のように仕事が出来る。

今度こそ帰ろうかと思った時、ある事に気付く。

「あ、帰りの分の魔力足りなくなっちった……」

さすがに空飛ぶ円盤の召喚はやりすぎたか。

多大な魔力を消費してしまったようだ。

「ねぇアグリちゃん。そういえば私何も言わずに来ちゃったから、キリク公爵家の方で騒ぎになってるかも……」

「大丈夫だよフランちゃん。うちの優秀な執事であるセヴァスが連絡してくれてる筈だから」

「あ、そうか。それなら大丈夫かな？」

「でも帰りの分の魔力が足りなくて王都までは転移出来ないの。今日は侯爵領の領主邸に泊まる事になっちゃうけど、いいかな？」

「りょ、領主邸ってまさかあのライス様がいらっしゃる所……？」

「うん。お兄様は優しいから、夜に行っても大丈夫だよきっと」

何故かフランちゃんは頬を赤く染めて俯いてしまった。

あれ？

領主邸は遠慮したい感じだったのかな？

でも私の魔力が回復しないと帰れないし、我慢してもらうしかない。

「じゃあフランちゃん、転移するから私に掴まって」

「う、うん。分かった」

フランちゃんが私の腕に触れたのを確認して、領主邸前へ瞬間移動した。

もう夜も更けているので門番は居ないだろうと思っていたのだが、そこには1つの人影が仁王立ちして待ち構えていた。

私の背筋に冷たいものが走る。

何故？　ここは王都じゃなくて領主邸の筈なのに……。

「おかえりアグリ。さぁ楽しいお説教タイムの始まりよ」

そこには般若と化したお母様が立っていた。

★★★★★　ヴァン視点　★★★★★

夜も更け、窓の外は星が瞬いている。

仕事も終えて部屋へ戻ろうとしたところ、聞き覚えのある連続する爆発音のようなものが屋敷に近づいて来た。

音は次第に大きくなる。

だが俺は慌てる事は無かった。

この音は魔物の襲撃などではなく、恐らくあの方によるものだからだ。

まぁ慌てはしなかったが、寒気は増して行った。

まだ秋なのにな……。


轟音が門の入口で止まる。

俺は急ぎ門へと向かった。

ところが、到着したのは予想とは違う人物だったので、少々困惑してしまった。

カルティア侯爵夫人、ファム・カルティア様。

何故奥様が侯爵領に？

……って、あれしか無いよな。

きっとまたお嬢様が何かやらかしたんだろう。


それにしても、奥様が乗って来たあの二輪のゴーレムらしき乗り物、とても既視感がある。

形状は少し変わっているが、紛れもなくお嬢様が召喚していたあのゴーレムだろう。

召喚主以外も使用出来るゴーレムなんて初めて聞いたぞ。

俺も乗りたい……。

「ヴァン、ご苦労様。貴方は屋敷に戻っていいわよ。私はここで愚娘を待ちますので」

予想通り、お嬢様の所為だったようだな。

しかし護衛も無しで奥様を屋敷の外に1人で立たせておく訳にもいかないだろう。

執事長である父は、今は用があって屋敷を離れている。

一応ライス様に報告だけして、俺が奥様の護衛に付くしかないか……。

俺は屋敷に戻り、この館の主であるライス様の部屋へ向かう。

幸いまだライス様は起きていたようなので、入室させてもらい、奥様がいらっしゃった事だけ伝えた。

「あぁ、アグリがこっちの方に来ているらしいからね。どうやったのか転移系の魔法を身に付けたようで、セヴァスも手を焼いてるとか言ってたよ」

転移系の魔法!?

あのお転婆に一番渡しちゃいけない能力だろ。

でもどうやってそんな魔法を身に付けたんだ？

お嬢様のスキルは『農業』の筈なのに……やはり俺の『魔眼』が間違っているんだろうか？

本当のスキルは俺の看破能力を超えて隠蔽されているとしか考えられない。

「とりあえずヴァンは母様の護衛に……って、もう必要無さそうだね」

ライス様が言葉を発すると同時に、屋敷の門の方で膨大な魔力が解放された。

きっとお嬢様が迂闊にも龍の巣《奥様の領域》に足を踏み入れてしまったんだろうな。

ところが驚いた事に、屋敷に現れたのはアグリお嬢様1人では無かった。

何故かコックコートを着た少女が1人、隣に佇んでいる。

何で護衛を連れてないのに、コックは連れているんだ？

とんでもなく美味い料理を作れるコックで、常に側に置いておきたいとか？

まったく、あのお嬢様の考える事は理解出来んな。

俺は念のため、『魔眼』を使ってその少女の情報を覗いてみた。

――名：フラン・キリク
――身分：公爵家長女
――スキル：『料理』

「ぶふおっ!?」

何してくれてんだ、お嬢様!!

何で公爵令嬢にコックコートなんて着せてんだよっ!?

お陰でとんでもねーもん見ちまったじゃねーか！

スキルが生産系――しかも公爵家のご令嬢であれば、すべからく秘匿されている情報の筈だ。

いくら何でも、俺が知っていい事じゃないだろ……。

絶対に俺が知ってしまった事を悟られないようにしないと。

そういえばキリク公爵家のご令嬢は、アグリお嬢様のご友人だったか……。

と、俺がフラン嬢を見ながら考え事をしていると、アグリお嬢様は奥様に引き摺られて家の中に連れ込まれて行った。

売られていく子牛のような目を向けて来たが、絶対助けないからな。

俺が奥様に勝てる訳ないだろ。

そもそもやらかさなければ怒られないのに……ホント、学習しない人だよなぁ。


お嬢様と奥様が屋敷に入ったところで、呆然と立ち尽くしているフラン嬢に声を掛ける。

「フラン様、お部屋にご案内致します。着替えとメイドも手配致しますので、少々お部屋でお待ちください」

「あ、はい。お気遣いありがとうございます」

さすが公爵家令嬢ともなると、僅かな所作でさえ気品に満ちている。

どこかの侯爵家令嬢にも見習って欲しいものだ。

いや、あのお嬢様、意外とそういうのは出来てるんだったか？

中身はアレなのに……。

俺はフラン嬢を促し、屋敷の方へ足を向けた。

その時突然周囲の闇が増した。

雲が星の光を遮る速さじゃない。

即座に見上げると、はるか上空で蜥蜴《とかげ》のようなものが滑空していた。

「ワイバーンだとっ!?」

咄嗟にフラン嬢を庇うように位置取りし、剣に手を掛ける。

何故ワイバーンがこんな人里にまで降りて来ているんだ!?

近くに居るなんて報告は無かった筈。

ここでもし公爵家の令嬢に何かあれば大問題だ。

幸いにもワイバーンは旋回しているだけで降りてくる気配は無かった。

しかし、領主邸に攻撃を仕掛けられてはたまらない。

すぐにでもライス様を呼びに行きたいところだが、フラン嬢は足が竦んでしまったのか動こうとしなかった。

無礼であっても彼女を抱えてここから離れるべきか?

そう思った時、フラン嬢が信じられない言葉を呟く。

「あら、美味しそうな蜥蜴《とかげ》ですね」

彼女が何を言ったのか理解出来なかった。

まるでアグリお嬢様のようなぶっ飛んだ発想に、俺の思考は停止してしまう。

そして、あろうことかフラン嬢は、立ち塞がっていた俺の前へと躍り出た。

唖然とする俺の目の前で、更に信じられない事が起こる。

突然フラン嬢の体は膨れ上がり、身の丈が優に俺の2倍以上へと成長する。

その皮膚は硬質な鱗を纏っていて、さながらドラゴンのようだと現実味の無い感想を思ってしまった。

コックコート着てるドラゴンって、何の冗談だ？

俺は夢でも見てるのか？

次の瞬間、ドラゴンと化したフラン嬢が叫んだ。

「『龍の吐息《ドラゴンブレス》』っ!!」

その光景に俺の顎は外れそうになってしまった。

フラン嬢が口から炎を吐き出し、それが上空を飛んでいたワイバーンを丸焼きにしたのだ。

そして炎を吐き終えると、赤かった鱗が緑の鱗に変わる。

角《つの》も形状を変え、体が若干スリムになる。

俺の驚きを余所に、フラン嬢は落下してきたワイバーンを、今度は風のブレスで地面に着く前に切り刻んでしまった。

ボトボトと落ちて行くワイバーンの刻まれた体は、いつの間にか用意されていた調理用バットに収まっていった。

一瞬にして食材に変わったワイバーン。

その現実味の無い光景に目を奪われている隙に、元の人型へ戻ったフラン嬢は楽しそうにワイバーンの肉が入った調理用バットを運んで来た。

「あの……、泊めていただくお礼としてお収めくださいッ」

フラン嬢が差し出してきたバットを受け取るも、俺はあまりの出来事に言葉を失ってしまっていた。

暫く状況が呑み込めずにいた俺を、フラン嬢は不思議そうに見つめる。

「えっと、どうかされました？」

「……い、いえっ。では、お部屋へご案内します……」

……あれが『料理』スキルだと!?

ドラゴンになってブレス吐くって、どんな料理方法だよっ!?

俺は自分の『魔眼』に対する信頼を完全に失った……。

あとがき

この本を手に取っていただきありがとうございます。

はじめまして、ふぁちと申します。

Ｗｅｂ版を読んでくださっていた方はお久しぶりです。Ｗｅｂ版の更新が滞ってしまっているせいで本当にお久しぶりとなってしまい、大変申し訳ありません。

その分書籍版は改稿を重ねて、より読みやすくなるように頑張りました。

あとがきから読んでくださっている方は、本編の方も読んでいただけると嬉しく思います。


それにしても、執筆力５の私が書いた物語が書籍化出来るとは……。

昨年の秋の事。仕事の繁忙期が終わり、そろそろ７つの球を探しに旅に出ようとしていた所、小説家になろう運営様から１通のメールが私宛に届きました。

まさかと思い開いたメールには、なんと『書籍化』の文字が！

それを見た瞬間テンションＭＡＸとなり、勢いでかめ○め波を撃ってみるも不発。まだまだ修行が足りぬ……は置いといて、とにもかくにも書籍化の打診が来たのでした。

勿論、ぜひお願いしますと即返答しました。

しかし、はっきり言ってノリだけで書いたものだったので、商業ルートに乗せる作品としては不安が過りました。

このままではアカンと思い、そこからは怒濤の推敲に次ぐ推敲。

より文章力を高め、自分の限界を超え続けました。

きっともう自分は伝説の執筆士になれたのではないかと錯覚する程に――。

後に校閲様から多大なる修正をいただく事になり、それは紛れもなく錯覚だと思い知りました……。


閑話休題。

書籍化が決まって暫く経った頃、2024年元日の夜に枕の下に敷いた『初夢枕札』が出てきました。

『初夢枕札』は、とあるカレンダーに付いて来たおまけなのですが、なんとその裏には自分でも書いた事を忘れていた『書籍化』の文字が……。

「え？　まさか、これ叶ったの？」と背筋が寒くなりました。

私は霊感が強いらしく、部屋に熊の霊が出たり、食べていたお菓子が目の前でフッと消えたりといった現象に遭遇していたのですが、それらを信じて貰えた事はありません。

しかし今回の『初夢枕札』は書籍化という結果が出ているので、誰もが信じてくれる事でしょう。

そして、ちゃっかり今年2025年の『初夢枕札』には『アニメ化』とか書き込んでみました(厚顔無恥)。

まだ次巻を出せるかどうかすらも分からないのに……。

いやきっと皆様の応援が後押ししてくれる筈！(他力本願)

オラに元気を分けておくんなまし!!

もしアニメ化したら、『初夢枕札』さんマジぱねえっす！

『初夢枕札』以外にも、神社にお参りしていたお陰もあるかなと思ってます。

神社に参拝する度に「神様、小説家になりたいです！」とバスケがしたいやんちゃな少年のように願ってましたので。

サブカル界隈では、本編中に神様を登場させると色々うまくいくという都市伝説があるとかないとか。

実は本作にも既に登場しています。どこなのかは内緒で。

都市伝説と言えばもう一つ、大ヒットする作品にはよく刀が登場しているという話もどこかで聞いた気がします。

そんな名前の自動二輪車もあったし……今後のルシフェルの進化に期待?

さて、本作のタイトルとなっている『アグリ・カルティア』ですが、お気づきの方もいらっしゃるとは思いますが、農業を意味するアグリカルチャーをもじっています。

とても大変な農作業を、明るく楽しくやる少女をイメージして書いてみました。

アグリがヒャッハーしながら農業機械を繰ったり、夢中になって農地を耕す姿に、皆様がほっこり癒やされていただけたらいいなと思っています。

更に、厨二の浪漫とも言える魔眼キャラとしてヴァンを出してみたり、自動二輪車好きというギャップを持つお母様を出してみたりと、個性的なキャラ像を模索しました。

各所にちりばめた少年漫画的なネタなども、クスっと笑っていただけたら嬉しく思います。


最後に、この作品に多大なるご協力をいただいた皆様に感謝を。

どこの誰とも分からない私に声を掛けてくださった、マイクロマガジン社様、担当編集のY様、本当にありがとうございました。特にY様には、色々面倒な提案をしてしまったにもかかわらず快く受け入れていただき、本当に感謝しております。

感動を覚える程の魂の籠もったイラストを描いてくださった兎塚エイジ先生、本当にありがとうございました。これらのイラストが入った画集が出たら必ず購入させていただきます。

たくさんの勉強になるご指摘をいただいた校閲担当者様、無知な私のせいで多くの修正をしていただく事になってしまった組版オペレーター様、きれいに印刷してくださった印刷会社の皆様、出版に関わってくださった皆様、本当にありがとうございました。

Web版にて感想や評価をしてくださった皆様、おかげで書籍化という夢を実現する事が出来ました。本当にありがとうございました。

皆様への感謝を忘れずに、今後も邁進していきたいと思います。

では、2巻でまた皆様とお会いできますよう、願掛けとして、偉大な漫画になぞらえて一言。

もうちょっとだけ続くといいなぁ……。

GC NOVELS

侯爵令嬢アグリ・カルティアは授かったチートスキルでこっそり(バレバレ)農業を謳歌する 1

2025年5月5日　初版発行

著者　ふぁち
イラスト　兎塚エイジ

発行人　子安喜美子
編集　弓削千鶴子
装丁　AFTERGLOW
印刷所　株式会社平河工業社
発行　株式会社マイクロマガジン社
URL:https://micromagazine.co.jp/
〒104-0041
東京都中央区新富1-3-7　ヨドコウビル
TEL 03-3206-1641　FAX 03-3551-1208（営業部）
TEL 03-3551-9563　FAX 03-3551-9565（編集部）

ISBN978-4-86716-754-0　C0093

本書は小説投稿サイト「小説家になろう」(https://syosetu.com/)に掲載されていたものを、加筆の上書籍化したものです。

ファンレター、作品のご感想をお待ちしています!

宛先　〒104-0041　東京都中央区新富1-3-7　ヨドコウビル
株式会社マイクロマガジン社　GCノベルズ編集部　「ふぁち先生」係　「兎塚エイジ先生」係

アンケートのお願い

二次元コードまたはURL(https://micromagazine.co.jp/me/)をご利用の上
本書に関するアンケートにご協力ください。
■スマートフォンにも対応しています(一部対応していない機種もあります)。
■サイトへのアクセス、登録・メール送信の際にかかる通信費はご負担ください。